검사를 목표로
입학했는데
마 법 적 성
9999
라고요?!
2

저자 : 넨쥬무기챠타로
일러스트 : 리이츄

신수 하쿠

로라가 주운 알에서 부화한
드래곤형의 신수.
로라를 어미로 생각한다.

거대한 존재와의 만남······.
신수 하쿠는 로라에게서 무얼 보는 걸까.

로라라고 했나?

선대 하쿠
수인들의 수호신.
후계에게 역할을 맡기고
그 생을 마감 중이다.

설마 인간의 몸으로
대현자보다 강한 자가 나타나다니.

검사를 목표로
입학했는데
마 법 적 성
9999
라고요?!
2

저자 : 넨쥬무기차타로
일러스트 : 리이츄

CONTENTS
— 목 차 —

검사를 목표로
입학했는데
마 법 적 성
9999
라고요?!
2

저자 : 벤쥬무기챠타로
일러스트 : 리이츄

로라의 고향은 『밀레베룬』이라는 이름의 마을이다.

인구는 2천 명 정도이고 이렇다 할 특산품은 없다.

단지 마을 바로 옆에 있는 밀레베룬 호수가 고요하고 아름다웠다. 물고기도 풍부해 관광업과 어업으로 그럭저럭 굴러가고 있었다.

밀레베룬으로 가는 마차는 학교에서 수배해주었다.

다들 과묵한 마부에게 마차를 맡기고 짐칸에서 과자를 먹거나 수다를 떨면서 쾌적하게 보냈지만 로라는 고향이 가까워질수록 점점 더 긴장이 되었다.

어쨌든 아버지의 완고함은 익히 아는 바였다.

되도록이면 말로 설득해 부드럽게 마무리 짓고 싶지만…… 힘들 것이다.

반드시 싸움이 일어난다. 비유가 아니라 진짜 싸움이다.

그러나 싸움에서 이겨 아버지의 입을 다물게 만든다 한들 그것을 설득에 성공했다고 말할 수 있을까.

마법학과에 들어간 것을 기뻐해달라고는 하지 않겠다. 적어도 이해해줬으면 좋겠다.

로라는 절실히 그렇게 생각했다.

"로라. 그렇게 하얗게 질린 얼굴 하지 말아요. 걱정 마요. 우리가 함께 있어요."

"그래. 분명 어떻게든 될 거야. 로라는 마법학과로 옮기게 됐지만 검을 놓은 게 아니야. 로라가 검과 마법 두 가지를 동시에 할 수 있다는 걸 아버지도 알아주실 거야."

샬롯과 안나가 양쪽에서 안아주었다.

그것만으로도 로라는 충분이 안정된 느낌을 받았다.

이 두 사람은 자기와는 전혀 상관없는 문제 때문에 귀중한 여름방학을 쪼개 로라와 함께 와주었다. 눈물이 날 정도로 기쁘고 고마웠다.

이 두 사람과 함께 있기 위해서라도 자퇴는 절대로 할 수 없었다.

"두 사람 모두 고마워요. 맞아요. 난 검술도 제대로 계속 배워나갈 거니까 아버지도 분명히 이해해주실 거예요!"

로라는 아까부터 계속 품에 안고 있던 검을 꽉 쥐었다.

본가에서 들고 온 검은 교내 토너먼트 결승전 때 녹아버렸다.

그래서 이건 모험가 길드 직영 무기상에서 구입한 싸구려 양손^{투 핸디드} 검^{소드}일 뿐이었다.

그러나 지금의 로라가 강화 마법을 사용하면 어떤 무딘 칼도 명검으로 변했다.

그리고 무엇보다 수중에 검이 있다는 것 자체가 안도감을 주었다.

"그런데 로라의 고향까지는 얼마나 걸려?"

안나가 물어왔다.

"마차로는 왕도에서 꼬박 하루 정도가 걸려요. 순조롭게 진행된다면의 오늘 아침에 출발했으니 오늘 밤은 중간 마을에서 하루 묵고 내일 아침에 도착할 예정이에요."

"어머. 문제가 생길 가능성도 있어요?"

샬롯이 당돌한 미소를 지으며 중얼거렸다.

"그야, 아무리 큰 길로 간다고 해도 몬스터와 맞닥뜨릴 가능성은 제로가 아니니까요."

큰 길 주변은 모험가들이 집중적으로 몬스터 사냥을 하고 있었다.

따라서 가도에서 몬스터의 습격을 받을 확률은 길을 잃고 객사할 확률보다 훨씬 낮다.

그러나 지금 로라가 말했듯이 그럴 확률이 제로는 아니었다.

몇 년에 한 번 꼴로 운이 없는 상인이나 여행자가 고블린 따위를 맞닥뜨려 짐을 버리고 달아나는 사건이 일어났다.

그래서 마을에서 마을로 이동하는 마차의 마부는 마을 안에서만 활동하는 마부와 달리 전투에 소양이 있었다.

모험가가 부업으로 마부를 하거나 마부가 부업으로 모험가를 하는 패턴이 대부분이다.

학교가 수배해준 이 과묵한 마부는 C랭크 모험가였다. 다시 말해 길드레아 모험가 학교의 졸업생과 맞먹는 실력자라는 뜻이다.

모험가는 S~G랭크까지 있지만 S랭크는 격이 다른 존재다. A랭크도 존경의 눈빛을 받는다.

B랭크부터 일류로 불리고 C랭크는 중견으로 불리는 수준이다. C랭크 정도의 실력이면 가도를 지나기에 충분한 전력이라고 할 수 있을 것이다.

다만…….

"무슨 일이 생기면 우리가 확 해치워버리면 돼요."

샬롯이 새침한 얼굴로 말했다.

안나도 끄덕이며 동의했다.

"뭐…… 만약에 몬스터가 나온다 해도 이 멤버한테는 문제 축에도 못 껴요."

마부한테는 미안한 얘기지만 로라와 샬롯은 C랭크 모험가 따위는 간단히 이길 수 있다. 안나도 호각 이상으로 싸울 수 있을 것이다.

단순히 전투력만 놓고 따지면 세 명 모두 지금 당장 학교를 졸업해도 된다.

물론 학교에서는 다양한 지식을 가르쳐주고 무엇보다 교사들이 모두 강하기 때문에 배울 것은 아직 무궁무진하다.

특히 학장인 대현자. 그녀의 기술은 로라조차 흉내 낼 수 없다.

어른들에게서 기술과 지식을 훔쳐 더욱더 강해지고 싶다—.

그런 광전사 같은 세 사람이 싸움 고수인 로라의 아버지 집에 쳐들어가 행패를 부릴 예정이니 틀림없이 처참한 일이 벌어질 것이다.

그런 생각을 하자 로라는 우울해지기 시작했다.

분명 내일이 오면 자신은 지금의 겸허한 마음을 잊고 아버지 브루노를 베려고 달려들거나 마법을 마구 쏘아대리라는 것을 쉽게 상상할 수 있다.

뭐, 지금부터 걱정해봤자 소용없다. 그렇게 기분을 바꾸고, 로라는 친구들과의 대화를 즐기기로 했다.

사실대로 말하자면 자포자기였다.

자포자기한 로라는 차라리 몬스터가 나왔으면 하고 생각하기에 이르렀다.

　그러나 불행히도 몬스터와 만나는 일 없이 예정대로 고향 밀레베룬에 도착했다.

　로라와 마주치지 않은 몬스터는 그 행운을 신께 감사해야 할 것이다.

　"마부 아저씨. 감사했어요."

　무사히 목적지까지 데려다준 마부에게 모두 꾸벅 인사를 했다.

　그러자 마부는 말없이 손을 흔들고는 왕도를 향해 마차를 몰았다. 마지막까지 과묵한 사람이었다.

　"여기가 로라의 고향……. 무척 아름다운 호반의 마을이네요!"

　"물고기가 맛있어 보여."

　샬롯과 안나가 저마다의 감상을 늘어놓았다.

　로라도 오랜만에 와보는 고향이 반가워 호수와 마을을 황홀하게 쳐다보았다.

　호수 주변으로는 초원과 숲이 펼쳐지고 조금 떨어진 곳에는 산도 있다.

그야말로 절경이다.

고향을 떠난 후에야 비로소 그 아름다움을 깨닫는다는 말이 있는데 그것은 이런 느낌을 두고 하는 말일까.

예전보다 매력적으로 보였다.

그러나 언제까지고 마을 입구에 멍하니 있어봤자 소용없다.

로라는 두 친구를 잡아당기며 본가를 향해 걷기 시작했다.

그리하여 몇 달 만에 돌아온 본가는…… 어쩐 일인지 폐허처럼 변해 있었다.

"으음…… 길을 잘못 든 걸까요?"

그렇게 시치미를 떼도 현실은 변하지 않는다.

창문이 깨지고 벽돌 벽에 구멍이 뚫린 이 집이야말로 로라가 나고 자란 집이 틀림없었다.

일단 창문과 벽에 난 구멍에는 안쪽에서 천을 쳐서 응급 처치를 해둔 상태로 보였다.

그러나 무엇을 어떻게 해야 이런 참사가 일어날까.

"로, 로라…… 이 집에만 국지적으로 드래곤이 습격해왔던 걸까요……?"

"드래곤의 원한을 살 만한 짓을 했어?"

"아뇨……. 아버지, 어머니는 발견한 드래곤은 모두 죽였다고 했으니 원한은 사지 않았을 거예요. 죽으면 원망할 수 없으니까요……."

로라가 그렇게 설명하자 두 사람 모두 「그게 뭐야, 무서워」라며 목소리를 떨었다.

안나는 그렇다 치고 마법사 집안인 샬롯 가자드가 보기에도 지금 한 말은 상식적이지 않았던 모양이다.

그러나 실제로 로라 부모가 드래곤을 마구 사냥했다는 기록이 모험가 길드에 남아 있을 터다.

거짓도 과장도 아니다.

로라는 그런 사람들 손에 컸다.

"어머? 목소리가 들린다 했더니 로라 아니니!"

이층의 유리가 없는 창에서 로라를 낳아준 사람이 얼굴을 내밀었다.

A랭크 모험가, 도라 에드몬즈였다.

"어머니, 저 왔어요! 어쩌다 집이 이렇게 된 거예요?!"

"아아, 이거 말이지. 부부 싸움. 잠시만 기다리렴. 지금 그쪽으로 갈게."

부부 싸움.

그 말을 들은 로라의 눈이 뒤집혔다.

샬롯과 안나도 같이 아연실색했다.

대현자가 받은 편지의 내용으로 아버지와 어머니 사이에 의견 충돌이 있었다는 것은 알았지만 설마 집이 부서질 정도로 싸웠다니.

어머니는 이층에서 풀쩍 뛰어내려, 어이없어하고 있는 로라 앞에 섰다.

이미 삼십 대 중반의 나이인데도 영원히 젊을 작정인 모양이다. 실제로 외모는 이십 대라고 해도 전혀 위화감이 없다.

그렇지만 로라가 친구들을 데리고 왔을 때만큼은 그 나이에 걸맞은 차분함을 연기해주길 바랐다.

"잘 돌아왔구나, 로라. 여름방학이라서 돌아온 거지? 편지 정도는 해줘. 아, 내가 대현자님께 편지를 보낸 건 아니? 나, 토너먼트를 보러 갔었거든. 많이 강해졌더구나. 설마 마법학과에 들어갔을 줄은 몰랐지만. 로라가 즐거워 보여서 다행이야. 엄마 욕심에는 전위 쪽을 권하고 싶지만 엄만 로라의 뜻을 존중해. 어머나? 거기 두 사람은 로라 친구니? 어머, 미안해요. 나도 참, 정신도 없지."

어머니는 단숨에 다다다 말을 늘어놓고는 혼자서 납득한 뒤 로라와 친구들에게 손짓해 집 안으로 맞이했다.

그러나 그런 것에 익숙하지 않은 샬롯과 안나는 완전히 당황한 표정이었다. 당연한 반응이었다. 로라조차 가끔은 적응이 안 되니까.

"셋 다 어쩐 일이야? 어려워 말고 들어오렴."

"그, 그럼 실례하겠습니다."

© 2017 Riichu

"……실례합니다."

"어머나, 예의도 바르구나."

어머니 도라는 기분 좋게 생글생글 웃으며 거실 테이블에 로라 일동을 앉히고 홍차를 내왔다.

그러나 의자와 테이블 모두 한 번 부서진 것을 못질해서 고친 흔적이 있다.

찻잔에도 금이 가서 틈새로 홍차가 새어나왔다.

모두 황급히 찻잔을 비웠다.

"저기, 로라 어머니. 전 샬롯 가자드라고 해요. 로라와 같은 마법학과이고 기숙사 방도 같이 쓰고 있어요."

"난 안나 아네트. 전사학과. 방과 후에는 로라와 자주 검술 연습을 하고 있어."

"어머, 친절도 해라. 두 사람 다 학교 토너먼트 때 봤단다. 요즘 애들은 졸업하기 전부터 강하구나. 특히 샬롯 양의 결승전은 굉장했어. 우리 로라한테는 한 걸음 못 미친 것 같았지만. 아, 나는 도라 에드몬즈. 로라의 엄마란다. 응? 이렇게 젊은데 엄마냐구? 애들도 참, 듣기 좋은 말도 제법이구나!"

아무도 그런 말은 하지 않았지만 도라는 행복해 보였다.

거기에 찬물을 끼얹을 이유도 없기에 다들 말없이 그녀를 지켜봤다.

그리고 로라는 어머니가 한바탕 행복을 음미한 것을 보고, 아까부터 궁금했던 것을 물었다.

"어머니. 아버지는요?"

로라가 그렇게 물은 순간, 지금까지 생글생글 웃던 도라가 뚱한 표정을 지었다.

"너한테 아버지 같은 건 없어! 로라는 내가 혼자 낳아 혼자 길렀어요. 그렇게 정했어요!"

"에엣……."

다시 말해 처녀 수태라고 말하고 싶기라도 한 걸까.

터무니없는 설정을 하는 어머니를 보고, 아무래도 이 부부 싸움은 보통 방법으로는 해결되지 않을 것임을 로라는 확신했다.

※

도라가 말하길—.

마법을 사용하는 딸을 보고 처음에는 놀랐다고 한다.

그도 그럴 게 전사학과에서 검술을 익히고 있을 줄로만 알았기 때문이다.

그런데 몇 달 만에 보는 딸은 하늘을 날아다닐 정도의 숙련도로 마법을 사용하고, 드래곤조차 일격에 물리칠 법한 화력으로 싸우고 있었다.

자기 딸에게 이런 재능이 있을 줄은 몰랐다.

지금도 자신들의 뒤를 이어 전위에 서길 바라는 마음은 있지만, 그렇게 즐겁게 마법을 쓰는 딸에게 강요할 수는 없다.

더욱이 그 결승전은 보고 있자니 가슴이 뛰었다.

그 정도로 포기를 모르고 앞으로 전진하는 마법사가 대현자 말고도 있을 줄은 몰랐다.

로라뿐만 아니라 대전 상대인 샬롯도 굉장했다.

어쩐지 새로운 시대의 막이 열리는 것을 보는 것 같았다.

집으로 돌아와 그 흥분을 즉시 남편에게 알렸다.

자기보다 훨씬 완고하고 마법을 싫어하며 전위밖에 모르는 남편이 쉽게 공감하지 못하리라는 것은 쉬이 상상할 수 있었다.

그렇다 해도. 딸아이의 활약에 대해서 이야기는 아내를 한심한 인간 보듯 볼 줄은 몰랐다.

"당신…… 아까부터 농담하는 거야? 이봐, 당신, 왕도에서 무슨 일이 있었던 거야? 로라가 마법학과에 들어가서 하늘을 날았다고? 그걸 보고 화를 내기는커녕 인정해주자니……. 결국 대현자한테 세뇌당했군!"

그런 남편에게 도라는 냉정히 말했다.

로라가 마법학과에 들어간 건 농담도 뭣도 아닌 사실이다. 처음에는 자기도 분개했지만 로라는 믿기 힘들 만큼 강해져 있었다. 무엇보다 즐거워 보였다. 그렇다면 이대로도 괜찮을 거다.

그리고 자기는 누구에게도 세뇌당하지 않았다. 모든 건 스스로 생각하고 말하는 거다, 라고.

그러나 남편 브루노는 제대로 말도 듣지 않고 대현자에 대해 모멸 섞인 말을 하고 끝내는 도라가 가짜가 아닌지 의심하기 시작했다.

언제, 어느 타이밍이었는지는 자세히 기억나지 않지만 도라는 브루노를 때렸다.

아내의 기습에 안면을 강타당한 브루노는 유리창을 뚫고 마당까지 날아갔다.

그 이후의 기억은 뒤죽박죽이다.

정신없이 싸웠던 것만은 기억하고 있다.

다만 자기가 이긴 것은 기뻤다. 진심으로 치고받았다면 도라가 질 게 뻔했기 때문이다.

남편은 그래도 아내를 생각해준 모양이다.

얼굴을 한 번도 때리지 않은 것이 그 증거다.

그리고 그걸 이용해 남편을 흠씬 두들겨 패서 집 밖으로 쫓아내는 데 성공했다.

마을 사람들 말로는 남편은 가까운 산에 틀어박힌 모양이다.

고소하다.

한동안 반성하길 바란다.

도라는 지금까지 부부 생활을 해오면서 꽤 많은 부분을 남편에게 양보해왔지만 딸아이의 인생만큼은 지켜야 한다.

"……그래서 집은 너덜너덜해지고 아빠는 집에 없어. 그러니까 너희는 느긋하게 지내다가 가. 걱정 마. 언젠가는 아빠도 알아줄 거야. 내가 설득할 거니까. 그래…… 겨울방학 전까지는 어떻게든 해볼 테니까 그때 다시 아버지를 만나렴."

도라는 지금까지 있었던 일을 설명해주었다.

상당히 무시무시한 이야기였다.

샬롯과 안나는 넋이 빠진 표정을 짓고 있다.

그러나 로라는 살짝 안심했다.

아버지도 어머니도 맨손으로 싸울 정도의 이성은 남아 있었던 거다.

만약 무기를 사용했다면 이미 집은 남아나지 않았을 거다.

이웃들에게도 막대한 피해를 입혔으리라.

그런 뜻에서 이것은 「단순한 부부 싸움」이다.

결코 모험가들의 목숨 건 싸움이 아니다.

조만간 화해할 수 있을 것이다.

그러나 자연스럽게 화해할 날을 기다리고 있을 수 없는 사정이 로라에게는 있었다.

"어머니, 겨울방학까지는 늦어요. 적어도 여름방학이 끝나기 전에 아버지께 인정받아야 해요……."

"어머나, 어째서?"

도라는 의아하다는 듯이 중얼거렸다.

아무래도 브루노가 자퇴 신청서를 제출한 것을 모르는 눈치였다.

그 사실을 알리자…….

"투둑."

도라는 혈관이 끊어지는 소리를 입으로 냈다.

자기가 얼마나 화가 났는지를 주위에 어필하고 싶은 걸까.

"로라. 엄마 열받았어."

"네……."

"그럼 아버지를 설득하는 것보다 손쉬운 해결책을 취할게."

"그, 그런 게 있어요……?"

웃는 얼굴에 핏줄을 세우는 어머니를 보고 로라는 불길한 예감밖에 들지 않았다.

정규 수순을 밟지 않는 손쉬운 해결책이라는 것은, 떠올렸을 때는 굉장한 아이디어 같지만 직접 실행에 옮겨보면 좋은 결과를 낳지 못한다는 것을 로라는 학교에서 배웠다.

주로 교정에서 안나와 검술을 연습하다가 직원실에 처박혔을 때 배웠다.

"간단해. 이혼하는 거야."

이혼.

"이혼해서 로라에 대한 양육권을 엄마가 갖는 거야. 그러면 아빠가 낸 자퇴 신청서는 무효야."

불의의 습격처럼 악화된 상황을 로라는 따라가지 못했다.

일단 진정하기 위해 천장을 올려다보고 저런 곳에도 구멍이 있구나 같은 생각을 해봤다.

그러나 전혀 진정되지 않았기에 현실을 직시하고 어머니를 설득하기로 했다.

"이, 이혼이라니, 싫어! 난 아버지도 좋고 어머니도 좋은데! 내가 돌아올 집에는 두 사람이 없으면 안 돼요!"

로라는 필사적으로 호소했다.

그러나 이혼이라는 말이 나올 줄은 몰랐기에 생각을 제대로 말할 수 없었다.

어떻게 하면 어머니가 알아줄지를 생각하다가 로라는 끝내 패닉에 빠졌다.

"맞아요. 주제넘는 것 같지만, 간단히 이혼 같은 말을 해선 안 돼요. 그것도 어린 자식 앞에서."

샬롯이 거들어주었다.

그 옆에서 안나도 힘차게 고개를 끄덕였다.

그러자 이번에는 도라가 당황한 표정으로 말을 정정했다.

"아! 안 해, 안 해. 이혼은 안 해. 그냥 해본 말이야. 그 정도로 화가 났지만 이런 걸로 헤어지거나 하진 않아. 놀라게 해서 미안하구나."

그제야 다들 안도의 한숨을 내쉬었다.

일단 최악의 사태는 면한 것 같았다.

그러나 자퇴 신청서에 관해서는 전혀 진전이 없었다.

어찌됐든 브루노를 이곳으로 불러와야 이야기가 시작된다.

"일단 아빠를 부를까."

"……산속에 틀어박혀 있는데 연락할 방법이 있어요?"

"있지. 봉화를 올리면 돼."

한창 모험가로 활동했을 무렵에는 봉화를 집합 신호로 사용했던 모양이다.

"잘 보이려나?"

마당에서 하늘을 향해 뻗어 오르는 뽀얀 연기를 바라보며 로라가 고개를 갸웃했다.

자기들은 바로 옆에 있어서 분명히 보였다. 그러나 아버지가 있는 곳은 산속이다.

거리가 떨어져 있고 나무들에 가려 보이지 않을지도 모른다.

"걱정 마, 걱정 마. 네 아빠도 나도 시력이 좋으니까. 봉화를 놓칠 정도로 녹이 슬진 않았겠지."

그런 걸까, 하고 로라는 일단 납득했다.

"아빠가 산에서 내려올 때까지 시간이 걸릴 테니까 지금 짐을 정리하렴. 로라 방은 가끔 청소를 해서 깨끗해."

"고마워요, 엄마."

로라는 두 친구를 이층의 자기 방으로 안내했다.

어머니가 말한 것처럼 방에는 먼지 한 톨 없었다.

이미 집을 떠난 딸의 방을 청소하고 있었던 어머니의 마음이 감사했다.

이곳이 돌아와야 할 곳임을 새삼 실감했다.

"여기가 로라 방? 저기, 실례지만…… 몸에 비해 상당히 큰 침대네요."

샬롯이 그렇게 말하는 것도 무리는 아니었다.

그도 그럴 게, 방에 있는 침대는 일반적인 침대에 비해 한층 컸지만 그에 비해 로라는 아직 아홉 살이었다.

어리니까 작은 침대를 써야 한다는 법은 없지만 아무리 그래도 이건 지나치게 크다.

"아하하……. 아버지가 『내 딸이라면 쑥쑥 클 거야!』라면서 숲에 있는 나무로 만들어주신 거예요."

옛날에는 어머니와 한 침대에서 잤지만 네 번째 생일날에 자기

방과 침대가 생겼다.

아버지의 말을 들은 로라는 『그런가. 크는 건가』라고 믿었지만 좀처럼 그 징후가 나타나지 않았다. 나이에 비해 여전히 평균적인 키다.

"이 침대라면 셋 다 같이 잘 수 있겠어."

안나는 그렇게 중얼거리며 실제로 벌러덩 드러누웠다.

침대 끝에서 끝까지 데굴데굴 구르고는 그 넓이에 만족한 듯 눈을 감았다.

"쿠울……"

"안나, 아직 오전이에요!"

낮잠이라 해도 너무 이르다.

"이불이 폭신폭신해서 그만."

벌떡 일어난 안나는 수줍게 머리를 긁적였다.

그러자 샬롯이 하아 하고 한숨을 내쉬었다.

"로라도 그렇고 안나도 그렇고…… 어째서 그런 사랑스러운 짓을 해서 날 유혹하는 거예요? 그렇게 내 포옹 베개가 되고 싶은 거예요?!"

"유혹한 적 없어."

"맞아요! 이상한 트집 잡지 마세요!"

"트집이 아니에요! 항상 작은 동물 같은 행동을 하고…… 아아,

더는 못 참아요!"

그런 알 수 없는 말을 하면서, 샬롯은 팔을 벌려 로라와 안나를 침대로 쓰러뜨렸다.

"으앗. 뭐 하는 거예요, 샬롯!"

"숨 막혀……."

"하아…… 양쪽에 귀여운 포옹 베개를…… 행복해요……."

샬롯은 황홀한 목소리로 말했다.

로라는 그 이유를 도무지 알 수 없었지만 어쩐지 방해해서는 안 될 낌새였다.

그 후 어쩌고 있나 보러 온 도라가 「어머나, 셋이 사이가 좋구 나」라며 기쁜 듯이 중얼거렸다.

사이가 좋은 것은 부정하지 않겠지만, 로라는 이건 살짝 다른 게 아닐까라는 생각을 하지 않을 수 없었다.

※

샬롯의 포옹 베개가 되어 있는 사이에 로라는 어쩐지 졸리기 시작했다.

장시간 덜컹거리는 마차를 타고 오느라 피곤했는지도 모른다.

눈꺼풀이 무거워졌다.

그리고 어느새 잠들었다……고 깨달은 건 도라가 흔들어 깨웠을 때였다.

"아빠가 돌아왔어."

"저, 정말요?!"

로라는 튕기듯이 일어났다.

뒤이어 샬롯과 안나도 깨어나 느릿느릿 몸을 일으켰다.

"로라의 아버지가 돌아오셨어요?"

"드디어 대결이군."

대결.

그런 단어를 선택한 안나에게 로라는 그것은 오버라고 말해주려고 했다.

그러나 조금도 오버가 아니라고 생각을 고치고 온몸을 긴장시켰다.

"그래요, 대결할 때예요! 두 사람은 여기서 기다리세요. 아버지를 쓰러뜨리고 올게요!"

로라는 자기 뺨을 때려 기합을 불어넣고 계단을 내려갔다. 뒤에서 두 사람이 응원하는 목소리가 들려왔다.

일층에 내려가자 거실에서 아버지 브루노가 기다리고 있었다.

과연 역전의 전사다운 풍모에 우람한 체격을 가졌다.

무기 없이도 베헤모스 정도는 때려죽일 수 있다고 호언장담했던 것을 들은 기억이 있지만 분명 사실일 것이다.

"로라. 오랜만이다. 잘 돌아왔어. 그런 학교에 계속 있으면 대현자한테 세뇌당할 테니 말이다. 내가 다시 검을 가르쳐주마. 점심을 먹고 나서 바로 시작하자."

진지한 얼굴로 브루노가 말했다.

로라는 야만인이 아니다. 일단은 냉정하게 대화로 풀 것이다.

주먹으로 하는 대화는 최후의 수단이었다.

"그래요. 저도 오랜만에 아버지한테 검을 배우고 싶어요. 하지만 학교를 나쁘게 말하지 마세요. 대현자님도 좋은 분이세요. 여름방학이 끝나면 다시 학교로 돌아갈 거예요."

로라는 아버지의 맞은편에 앉아 눈을 쳐다보며 분명히 말했다.

길드레아 모험가 학교에 입학하기 전의 로라라면 이렇게까지 아버지의 뜻을 거스르는 것은 불가능했을 것이다.

그러나 지금의 로라에게는 『이층에 있는 친구들과 함께 왕도로 돌아간다』는 목적이 있었다.

그것은 누가 뭐라 해도 흔들리지 않는 결의다.

그런 로라의 생각을 읽었는지 브루노는 슬픈 표정을 지었다.

"……어째서냐, 로라. 그렇게 검을 좋아했으면서. 마법은 사악한 거라고 가르치지 않았느냐?!"

"검은 지금도 좋아해요. 그래서 제대로 계속하고 있고요. 전사학과 친구와 매일 방과 후에 특훈을 하고 있어요. 하지만 마법도 좋아졌어요. 아버지는 마법사는 다 나쁜 사람이라고 말했지만 그게 아니었어요. 학장님도 에밀리아 선생님도 샬롯도 다 좋은 사람들이었어요. 샬롯은 마법학과에서 사귄 친구고 기숙사 방도 같이 써요. 학교에서 외톨이였던 날 동생처럼 다정하게 대해줬어요. 아버지도 샬롯을 만나면 마법사도 나쁘지 않다는 걸 알게 될 거예요!"

"아니, 넌 속고 있는 거다. 마법사치고 제대로 된 녀석은 없어! 내가 마법사한테 어떤 꼴을 당했는지…… 부끄러워서 말 안 했다만, 이제라도 얘기해주마……!"

브루노 역시 결의를 품은 눈으로 로라를 응시했다.

자신의 수치를 까발려서라도 딸을 말리려는 것이다.

노련한 검사인 아버지가 이렇게 초조한 표정을 짓는 것을 로라는 처음 보았다.

대체 과거에 마법사와 무슨 일이 있었던 걸까.

긴장을 참지 못하고 로라는 마른침을 삼켰다.

"……나한테는 한 살 위인 누나가 있었다. 누나는 로라와 비슷한 나이에 마법을 배웠지."

브루노는 그렇게 자신의 과거를 털어놓기 시작했다—.

브루노의 누나 레즐리는 뛰어난 마법 재능을 갖고 있었다.

장치로 측정한 적이 없어서 정확한 적성치는 모르지만 아무런 훈련도 받지 않았는데도 마법을 쓸 줄 알았다.

손바닥 위에 불을 만들어 내거나 전기를 뿜거나 마력으로 신체 능력을 강화할 수 있었다.

누나가 마법을 익히자 어린 브루노는 승산이 없었다.

싸움을 하면 항상 졌다.

누나는 장난감을 빼앗고 억지로 심부름을 시키고 터무니없는 이유로 폭력을 휘둘렀다.

브루노는 마법에 재능이 없었다. 적어도 누나처럼 훈련 없이 쓰는 것은 불가능했다. 그래서 죽을 각오로 몸을 단련했다.

언젠가 누나를 이기기 위해서 브루노는 온갖 괴롭힘을 견뎌냈다.

그러나 결국 참을 수 없는 일이 일어났다.

잊을 수도 없는 열두 살 때의 일이다.

그날.

브루노과 레즐리의 어머니가 남매를 위해서 애플파이를 구웠다.

밖에서 친구와 놀다가 돌아와 어머니에게 애플파이가 있다는 것을 들은 브루노는 잔뜩 신이 나서 식탁으로 향했다.

그곳에는 아주 먹음직스러운 애플파이가 놓여 있을 터였다.

그러나 있는 것은 텅 빈 접시 두 개뿐이었다.

"아, 미안~. 너무 맛있어서 브루노 것까지 먹어버렸어."

브루노는 화가 머리끝까지 차올랐다.

아직 이기지 못한다는 것을 알면서도 단련한 육체로 누나에게 덤벼들었다.

그리고 허무하게 역습당했다.

"날 이기려고 하다니. 십 년은 일러."

이기고 의기양양한 누나.

꼴사납게 쓰러진 자신.

결정적인 패배였다. 이미 견디고 있을 상황이 아니었다.

브루노는 부모님을 졸라 길드레아 모험가 학교에 입학했다.

그리고 3년 후, 무사히 졸업한 브루노는 예전과는 비교도 되지 않을 정도로 강해져 있었다.

지금이라면 누나도 이길 수 있었다.

브루노는 신이 나서 본가로 돌아갔다.

그리고 누나의 실종 소식을 들었다.

"그 애, 『브루노가 모험가가 되면 나도 될 거야. 딱히 학교를 나오지 않아도 될 수 있는 거잖아? 지금 당장 모험가가 되면 내가 브루노 선배야』라고 하고 나간 뒤로 돌아오지 않았어. 지금쯤 어디서 뭘 하고 있는 건지⋯⋯."

부모님은 그렇게 말했다.

딸이 행방불명됐는데 이 얼마나 태평한 부모들인지.

"누나를 찾아내서 두들겨 패줄 거야!"

브루노는 다시 본가를 뛰쳐나와 모험가로 활동하며 각지를 전전했다.

그러나 누나는 찾지 못했다.

단서조차 잡을 수 없었다.

결국 지금까지도 브루노는 누나와의 재회를 이루지 못하고 있다—

※

"이제 알겠느냐?! 마법사는 상대가 약할 때는 실컷 괴롭히면서 막상 상대가 강해지면 꽁무니를 뺀다! 최악의 족속이다! 나는 애플파이의 원한을 어떻게 풀면 좋지?!"

브루노는 열렬히 감정을 담아 소리쳤다.

그 모습을 로라는 말없이 보고 있었다.

이야기에 몰입해서가 아니라 어이가 없어서 아무 말도 할 수 없었기 때문이다.

"……저, 저기…… 그게 다예요? 전, 애플파이 때문에 자퇴할 위기에 처한 거예요?!"

지금 들은 것을 정리하면 그런 얘기가 된다.

상상을 초월하는 한심함에 분노마저 일었다.

부탁이니 『전위는 좋다』라는 가훈이 그런 이유에서 탄생했다고 말하지 않길 바랐다.

"여보. 로라가 놀랐어. 그것 말고도 일들이 있었잖아? 다 알려 줘버려요."

옆에서 듣고 있던 도라가 즐거운 듯이 말했다.

남편의 부끄러운 과거가 까발려지는 것이 즐거운 건지도 모른다.

"……좋아. 마법사가 얼마나 사악한 인간인지 철저히 알려주지. 그래, 그건 내가 모험가 학교에 다녔을 때의 일이다."

브루노는 다시 회상에 잠겼다.

그러나 어차피 별 볼일 없는 일일 거라는 생각에 로라는 진지하게 들을 마음이 없었다.

한 번 잃은 신뢰는 쉽게 회복되지 않는 법이다.

※

길드레아 모험가 학교에 입학한 브루노는 검 적성치 100이라는 뛰어난 재능을 보이며 순조롭게 성장하고 있었다.

강화 마법 적성치도 42로 예상 외로 높았지만 그것은 아무래도 좋을 일이다.

같은 동기 중에 창 적성치 100인, 이 또한 천재에 해당하는 소녀가 있었다.

이름은 도라.

다시 말해, 훗날 브루노의 아내이자 로라의 어머니가 되는 여성이다.

무기는 다르지만 같은 전사학과의 천재들로 두 사람은 함께 행동할 때가 많았다.

그러나 도라는 창의 천재인 동시에 모두가 인정하는 미소녀였다.

그런 그녀를 노리는 남자는 많았다.

대부분은 브루노가 두려워서 포기했지만 집요한 남자가 단 한명 있었다.

그 남자는 마법학과 2학년이었다.

그는 선배임을 내세워 후배인 브루노에게서 도라를 빼앗으려 했다.

물론 브루노는 그런 자에게 굴하지 않았다.

그러자 그 마법학과 선배는 브루노에게 결투를 신청했다.

결투에서 이긴 사람이 도라를 차지한다. 진 사람은 두 번 다시 도라에게 말을 걸어서는 안 된다.

브루노는 그 조건을 받아들였다.

자기가 이길 거라고 확신했기 때문이다.

그러나 선배는 생각보다 강했다.

그는 경박한 남자였지만 마법적 재능은 확실했고 노력도 게을리하지 않았다.

그래서 승부는 막상막하였다.

결투는 다섯 번의 무승부를 거쳐 여섯 번째에 드디어 브루노가 이겼다.

이제 됐다……라고 생각했더니.

선배는 진 분풀이로 바람 마법을 써서 도라의 치마를 들추거나 물 마법으로 교복을 비치게 하는 짓궂은 장난을 치기 시작했다.

화가 난 브루노와 도라는 선배를 개인적인 제재를 더해, 알몸으로 교문 앞에 매달아줬다.

그랬더니 어찌된 영문인지 브루노와 도라는 일주일간 정학 처분을 받았다.

정의는 자기들인데 말이다.

이러니 마법사가 학장으로 있는 학교는 안 된다며 두 사람은 분개했다.

"—그래서 마법사 중에는 제대로 된 녀석이 없다는 거야! 알겠느냐!"

"아버지가 아무래도 좋을 일에 꽁해 있다는 것만은 알겠어요."

로라는 싸늘한 시선을 아버지에게 보냈다.

"아, 아무래도 좋을 일이라고?! 천만에! 안 그래? 여보!"

브루노는 낭패한 표정으로 아내를 바라봤다.

"맞아……. 분명 선배한테는 화가 났었고 지금도 복수하길 잘했다고 생각하지만…… 그렇다고 그게 마법사가 되고 싶어 하는 딸을 말릴 이유는 안 돼."

"뭐, 뭐라고?! 얼마 전까지는 당신도 로라가 마법사가 되는 걸 싫어했잖아!"

"싫어한 적 없어. 단지 전위가 되면 좋겠다고 생각했던 것뿐이지. 애초에 로라가 마법사가 된다는 건 상상도 못 했던 일이니 싫어할 수도 없었잖아."

"큭…… 그건 그렇지."

냉정한 도라에 비해 브루노는 오로지 감정적이었다.

딸을 마법사로 만들고 싶지 않다는 생각이 제자리에서 맴돌았다.

아무리 그래도 아버지와 어머니 사이에 이렇게나 큰 온도 차가 있다는 사실이 로라에게는 신선한 발견이었다.

애당초 아버지의 마법사 혐오증이 심각하다고 느끼고 있었지만 뚜껑을 열고 보니 어머니는 생각했던 것보다 관용적이고 아버지는 생각했던 것보다 훨씬 정상이 아니었다.

"그런데, 그 선배라는 사람이 결투 신청을 했을 때 어머니는 아버지를 좋아하지 않았어요?"

로라는 순수한 흥미 차원에서 물었다.

"어머, 당연히 좋아했지."

"그럼 왜 결투를 시킨 거예요? 난 이 사람이 좋으니까 선배랑 사귈 마음은 없어요라고 분명히 말했으면 되잖아요."

"그건 그렇지만. 남자 둘이 서로 자기를 차지하려고 싸우는 건 여자 마음을 설레게 하잖아?"

"그런 거예요~?"

로라는 상상해봤지만 잘 알 수 없었다.

애당초 친하게 지내는 남학생이 한 명도 없기에 자기를 두고 남자들이 결투를 한다는 것이 잘 이해되지 않았다.

그 대신 어째서인지 샬롯과 안나가 자신을 양쪽에서 잡아당기는 그림이 머릿속에 떠올랐다.

"상관없는 얘기는 그만해. 어쨌든, 무사히 학교를 졸업한 뒤의 얘기다."

브루노는 표정을 굳히고 진지한 투로 말하기 시작했다.

아무래도 다음 이야기는 자신 있는 모양이었다.

그렇다면 일단 딸로서 들어주자고 로라는 생각했다.

"나는 누님을 찾아 네 엄마와 함께 이 나라와 그 근방을 돌아다녔다. 그리고 어느 날, 마법사와 팀이 됐다. 이 녀석은 모험가 학교를 나온 건 아니지만 G 랭크부터 시작해서 C 랭크까지 오른 베테랑이었지. 그래서 우리도 믿고 손을 잡은 거야. 그런데 퀘스트 도중, 리바이어던을 맞닥뜨렸다. 전혀 예기치 못한 일이었어. 나는 마법사한테 눈부신 섬광 마법을 쓰게 해서 다 같이 도망칠 생각이었다. 그런데 망할 마법사 자식은 리바이어던을 보자마자 쏜살같이 내뺐어. 나와 네 엄마를 미끼로 만들고 말이다. 가까스로 도망쳐서 이렇게 살아 있다만…… 내 등에 난 상처는 그때 네 엄마를 지키려다 생긴 상처다. 평생 지워지지 않겠지."

브루노는 단숨에 말했다.

당시의 감정이 떠올랐는지 도중에 격한 분노를 드러냈다.

로라도 완전히 감정이입이 되어 그 마법사에게 분노를 느꼈다.

모험가가 되자마자 그런 일을 겪었으니 마법사에게 혐오감을 품는 것도 무리는 아니다.

"왜 처음부터 이 이야기를 하지 않았어요! 애플파이나 마법으로 치마를 들춘 건 아무래도 좋을 얘기잖아요!"

로라는 그만 버럭 하고 말았다.

이런 제대로 된 이유가 있었다면 그렇게 말했으면 됐다.

하마터면 로라는 아버지를 경멸할 뻔했다.

"오오…… 그러냐. 미안하다. 시간 순으로 말하다 보니 이렇게 됐다."

"소설이 아니라구요……."

"어쨌든, 이제 마법사가 쥐뿔 도움도 안 되는 데다 사악한 인간이라는 건 알았겠지. 그러니 학교는 관두고 돌아와라."

"음…… 그거랑 이건 다른 얘기예요."

"뭣이?!"

이야기는 원점으로 돌아갔다.

결국 브루노는 자퇴를 원하고 로라는 원하지 않는다. 이것은 여전히 평행선을 그리고 있었다.

그렇다면 어떻게 해야 할까? 이렇게나 말했는데도 진전이 없다. 이제 맞서 싸울 수밖에 없다.

"아버지. 밖으로 나갈까요? 그 쥐뿔 도움도 안 되고 사악한 마법으로 제가 얼마나 강해졌는지 보여줄게요."

로라는 먼저 싸움을 신청했다.

로라의 본가가 있는 밀레베룬은 호반의 마을이다.

땅이 넓은 데 비해 인구가 적어 그야말로 한적한 시가를 이루고 있다.

특히 로라의 본가는 마을 변두리에 위치하고 있어 주위에는 아무것도 없다.

딱히 따돌림을 당하는 것이 아니라 마음껏 검을 휘두르기 위해서 일부러 변두리에 집을 지었다.

로라는 어려서부터(지금도 어리다) 아버지에게 검을 배워왔다. 종종 어머니에게 기본적인 창술을 배우기도 했다.

그런 추억의 장소에서 이제부터 아버지와 싸울 것이다.

진로를 둘러싸고 부녀가 싸우는 거다.

"엄마가 지켜볼 테니까 두 사람 다 힘내!"

도라는 태연하게 말했다.

한편 로라와 브루노는 둘 다 진검이다.

둘 다 양손검.
^{투 핸디드 소드}

그러나 로라의 검은 길드 직영점에서 산 싸구려다.

그에 비해 브루노의 검은 옛날부터 사용해온 명검이다.

제대로 부딪치면 로라의 검은 얼마 못 가 부러질 .것이다.

© 2017 Riichu

그러나 로라에게는 강화 마법이 있다. 아무리 무딘 칼이라도…… 아니, 극단적인 얘기로 주변에 떨어져 있는 나무 막대기도 명검 이상의 강도로 만들 수 있다.

능력도 강화 마법을 써서 몇 십 배로 올리면 브루노에게 지지 않는다.

그래도 로라는 전혀 안심할 수가 없었다.

어쨌든 태어나서 지금까지 한 번도 브루노의 진짜 실력을 본 적이 없는 거다.

대련할 때의 아버지는 언제나 최대한으로 힘을 조절했다.

그런데도 로라는 한 번도 이긴 적이 없었다.

브루노와 도라의 이야기는 수업에도 나올 정도다.

교과서에 실린 일화대로라면 같은 A랭크라도 브루노는 에밀리아보다 훨씬 강하다.

"진짜 이길 수 있을까?"

마법을 배워서 강해진 것은 자신했다. 그러나 무의식에까지 아버지의 강함이 박혀 있었다.

검을 든 손이 떨리려던 그때였다.

"로라, 힘내요! 지면 용서하지 않을 거예요!"

"같이 학교로 돌아가서 딸기 파르페 먹자!"

본가 이층에서 샬롯과 안나가 몸을 내밀고 응원을 보냈다.

그것을 듣는 순간 몸의 긴장이 확 풀렸다.

"……좋은 친구를 뒀구나."

브루노는 싱긋 웃었다.

"네. 그러니까 난 아버지를 쓰러뜨리고 학교로 돌아갈 거예요."

"그럼 강해진 걸 보여라. 아버지를 이기면 마법학과든 어디든 다녀도 좋아!"

"약속한 거예요…… 갈게요!"

로라는 땅을 박찼다.

방대한 마력으로 발동된 강화 마법은 드래곤을 웃도는 위력을 아홉 살의 작은 몸에 응축시켰다. 그 결과, 비인간적인 가속을 실현시켰다.

제대로 된 생물이라면 첫 걸음을 뗀 것만으로 내장이 망가져서 절명했을 것이다.

그러나 로라의 강화 마법은 육체의 내구력까지 강화시켰다.

따라서 더욱 속도를 올렸다.

걸음마다 속도를 올려 땅에 구멍을 내며 질주했다.

이미 박치기만으로 베헤모스를 쓰러뜨릴 만한 영역에 도달해, 아버지를 향해 검을 내리쳤다.

"오오오오오옷?!"

그 일격은 브루노의 예상을 뛰어넘는 위력이었던 모양이다.

참격은 가까스로 막아냈지만 충격까지는 죽이지 못하고 뒤로 나자빠질 뻔했다.

그러나 실제로 쓰러지지는 않았다.

믿기 힘든 힘으로 자세를 되돌리고 그대로 로라를 튕겨냈다.

"아버지…… 역시 굉장해요!"

공격이 통하지 않은 사실에 로라는 기뻐했다.

방금 한 공격은 강화 마법을 쓴 안나조차 순식간에 다진 고기로 만들 위력이었다.

그래서 훈련할 때는 쓸 수 없다.

아버지를 믿고 공격해, 보기 좋게 가로막히고 튕겨 날아가기까지 했다. 감동이었다.

진짜 실력으로 싸워도 괜찮은 상대가 있다는 것은 굉장하다.

샬롯과의 결승전 이후로 처음 느끼는 감각이다.

"하아, 하아…… 역시 조금은 성장한 것 같구나."

브루노는 거친 숨을 내쉬었다.

이것은 지쳐서가 아니라 로라의 일격에 놀랐기 때문이리라. 아버지는 아직 진짜 실력을 보여주지 않았다. 로라는 그렇게 믿었다.

"로라, 역시 대단해요! 그 기세로 아버지를 찍소리 못 하게 하는 거예요! 마법사가 쥐뿔 도움도 안 된다고 말하는 사람을 봐줄 필요는 없어요!"

샬롯이 이층에서 크게 소리쳤다.

아무래도 아까 한 대화를 들은 모양이다. 바닥에 귀라도 대고 있었던 걸까.

아무리 그래도 상당히 흥분했다.

안나가 뒤에서 붙잡고 있어서 무사하지만 여차하면 떨어질 것만 같았다.

"샬롯이 말해서는 아니지만…… 이번엔 좀 더 강력한 걸로 갈게요!"

"엣, 지금 것보다 더 말이냐?! 로라, 기다려라!"

"싫어요!"

당황하는 아버지를 무시하고 로라는 주문을 걸었다.

"나와라, 벼락의 정령. 내 마력을 줄 터이니 깨우쳐주어라. 파괴란 무엇인가를!"

로라와 브루노 사이에 거인이 나타났다.

집보다 몇 배 큰 벼락의 정령이다.

"아아아악?! 잠깐, 너…… 크흑, 좋다. 이것도 막아주마! 덤벼라!"

"고마워요, 아버지! 가라, 정령!"

벼락의 정령은 몸의 구성을 부분적으로 바꿔 오른손에 번개 검을 만들어냈다.

드래곤도 세로로 벨 수 있을 것 같은 장검으로 브루노를 내리쳤다.

"아랴아아아아아앗!"

브루노는 그것을 우렁찬 기합과 함께 맞받았다.

그 결과—.

이번에는 로라가 놀랄 차례였다.

솔직히 벼락의 정령으로 결판이 날 줄 알았다.

아무리 아버지가 강해도 결국은 인간이다.

에밀리아조차 쓰러뜨린 공격을 버틸 수 있을 리 없다.

온몸에 화상을 입고 쓰러진 아버지에게 회복 마법을 베풀고 승리를 뽐낸다.

그런 전개가 될 거라고 생각했다.

그러나 현실은 달랐다. 위대한 아버지 브루노는 번개 검을 검으로 막아냈다. 상식적으로 생각하면 있을 수 없는 일이었다.

검은 금속으로 이루어져 있다. 그걸로 번개를 막으면 감전되는 게 당연하다.

그런데도 아버지는 태연히 서서 반격할 태세였다.

"오오오오오!"

금속 검으로 번개 검을 절단하는 비상식적인 기술을 펼치고, 그대로 뛰어올라 정령의 복부에 박치기를 날렸다.

자살행위로밖에 보이지 않지만 놀랍게도 브루노는 정령을 꿰뚫었다.

그 충격으로 정령은 전력을 주위에 흩뜨렸다.

그 여파로 몸의 구성을 유지할 수 없게 되어 사라지고 말았다.

"으하하하! 어떠냐, 로라. 아버지는 강하지? 네가 마법학과에서 뭘 배우든 나한테는 못 이긴다. 그러니 같이 검 수행을 하자!"

그렇게 외치는 브루노의 몸은 빛나고 있었다.

어찌된 일인지 바람까지 일어나 횡횡 소리를 내며 머리칼을 위로 뻗치게 했다.

조금 전까지보다 명백히 강해져 있었다.

"아버지…… 그건……."

"로라한테 보여주는 건 처음이지! 이건 『본심 모드』다! 기합을 넣으면 이렇게 된다. 조금 전까지의 나와는 또 다를 거다. 각오해라!"

뭔가 다르다는 건 충분히 알았다.

그것이 『기합』 때문이 아니라는 것도 명백하다.

그러나 본인은 전혀 눈치채지 못한 모양이다.

진실을 알면 어떤 반응을 할까.

지금 당장 알려줘도 되지만…… 본심인 아버지와 싸울 기회는 그리 많지 않으므로 로라는 일단 싸워서 쓰러뜨리기로 했다.

"나도 더 강하게 나갈 게요!"

"아직도 진짜 실력을 안 보여준 거냐? 좋다, 뭐든 해봐!"

브루노는 손을 까딱거려 로라를 도발했다.

상당한 자신감이 엿보였다. 그렇다면 망설일 것은 없었다.

실제로 브루노의 육체는 『강화』되어 있었다.

"하앗!"

로라는 강화 마법을 한 단계 끌어올려 도약했다.

나무를 박차고 집 벽을 박차 3차원적인 궤도로 브루노의 등 뒤를 포착했다.

"무르군!"

브루노는 뒤로 구르면서 검을 휘둘렀다.

두 개의 검이 격렬히 충돌했다.

무수한 불꽃이 흩어졌다.

검의 기량 면에서는 브루노가 압도적으로 우세하다. 로라는 그것은 강화 마법에 따른 신체 능력으로 보완했다.

친다. 찌른다. 벤다. 막아낸다. 받아넘긴다. 휘감는다.

몇 초 사이에 백 가지가 넘는 공방이 펼쳐지고 그 여파로 지면은 움푹 파였다.

두 사람은 치고받으면서 달려, 무대는 호수 위로 이동했다.

로라는 발바닥에서 마력을 뿜어내 물 위를 달렸다.

순수한 검사인 브루노는 그것을 따라잡지 못할…… 터였다.

"핫핫핫핫! 비의 『기합의 수상 보행』이다!"

기합을 넣으면 뭐든 할 수 있다고 믿는 모양이다.

자기가 무슨 짓을 하고 있는지도 모른 채, 브루노는 천진난만하게 로라를 쫓아갔다.

어쩐지 로라는 아버지가 가여워지기 시작했다.

"……아버지. 이제 끝낼게요."

"뭐냐, 항복하는 거냐……. 끄윽, 이건 뭐지?!"

로라는 발바닥에서 호수에 마력을 흘려보내 브루노의 발밑을 젤리 상태로 만들었다.

젤리가 된 물은 로라의 의지에 따라 브루노의 다리를 휘감고 그대로 온몸을 옥죄어갔다.

잡아 뜯으려 발버둥 쳐도 늘어날 뿐이다.

그리고 고무처럼 다시 원래대로 되돌아갔다.

"저기, 아버지. 기합으로는 몸이 강해지거나 물 위를 달리 수 없어요……."

"무슨 소리냐, 로라! 실제로 아버지는 이렇게 물 위에 있지 않느냐!"

"아버지가 기합이라고 생각하는 그건…… 마력이에요."

그렇다.

브루노가 『본심 모드』인가 뭔가가 된 순간, 로라는 깨달았다.

이건 강화 마법이라는 것을.

마법을 혐오하는 아버지는 가엾게도 무의식중에 마법을 쓰고 있었다.

"마력이라고? 말도 안 되는 소리…… 내가 마법을 쓰고 있었다고……?"

"충격인 건 알겠지만…… 일단 이길 게요."

로라는 브루노의 강화 마법에 간섭해 효과를 없앴다.

이것은 집중력이 필요한 기술이라서 검을 휘두르고 있을 때는 무리였다.

그러나 이렇게 서로 멈춰 있을 때는 손쉬운 기술이다.

그리고 로라는 아버지에게 번개를 떨어뜨렸다.

"끄아아악!"

브루노는 외마디 비명을 지르고는 마침내 기절했다.

이걸로 결판이 났다.

아버지는 약속을 없었던 것으로 할 사람이 아니므로 로라는 2학기에도 학교에 다닐 수 있다.

문제는 해결됐다.

그러나 눈을 떴을 때 브루노는 현실을 받아들일 수 있을까.

딸에게 졌다.

자기가 마법을 쓰고 있었다.

이 두 가지는 분명 브루노를 생지옥에 떨어뜨릴 것이다.

"울지 않으면 좋겠는데……."

그렇게 생각하면서, 로라는 기절한 아버지를 끌고 뭍으로 올라왔다.

※

"웃챠."

로라는 아버지를 집 앞에 눕혔다.

벼락을 제대로 맞았다. 그러나 이렇다 할 화상의 흔적은 없었다.

강화 마법은 확실히 없앴을 텐데 도대체 어떤 방법으로 단련해 온 건지 로라는 의아했다.

"축하해, 로라. 이제 안심하고 마법학과에 다닐 수 있게 됐구나."

도라가 웃는 얼굴로 맞이해주었다.

"네⋯⋯. 그런데 아버지는 괜찮은 걸까요?"

"괜찮아. 벼락 정도로는 죽지 않으니까."

"그건 걱정되지 않아요. 그게 아니라, 기합의 본심 모드가 사실은 강화 마법이라는 걸 알려드렸잖아요⋯⋯."

"아아, 그런 얘길 했었지. 확실히 놀라긴 했어. 이 본심 모드가 마법이었다니⋯⋯ 에잇!"

기합 소리와 함께 도라도 빛을 뿜어 본심 모드가 되었다.

"어머니도 할 수 있었어요?! 그보다⋯⋯ 용케 호수 위에서 한 대화를 들었네요⋯⋯."

"엄마나 아빠나 둘 다 귀가 밝아. 아, 귀뿐만 아니라 눈이랑 코도."

아무래도 로라의 부모님은 강화 마법을 쓰지 않더라도 인간을 초월한 모양이다.

아무리 그래도 로라는 바보 같다는 생각을 떨칠 수가 없었다.

어째서 연습하지 않고도 마법을 쓸 수 있는지에 대해서 예전에는 고민했지만, 전혀 고민할 게 아니었다. 부모님도 연습하지 않고도 마법을 쓰고 있었던 거다.

"로라아아~~!"

머리 위에서 샬롯의 목소리가 들리는 것과 동시에 샬롯이 머리 위쪽에서 뛰어내렸다.

"로라, 아아, 로라! 이제 2학기도 함께할 수 있는 거네요. 다행이야, 정말 다행이에요!"

"샬롯, 너무 달라붙지 마세요. 어머니가 보는 앞에서…… 하지만 고마워요. 에헤헤."

샬롯은 눈물까지 흘리며 로라의 승리를 기뻐해주었다.

그게 무척 기뻤다.

아버지를 이긴 것보다 자기 일처럼 기뻐해주는 친구가 있다는 사실이 훨씬 기뻤다.

"로라, 축하해."

안나는 평범하게 현관에서 나왔다.

안나는 로라의 손을 잡고 휙휙 위아래로 흔들었다.

그러고는 샬롯을 떼어내 「워워」 하며 달랬다. 그러나 샬롯은 울음을 그치지 않았다.

"로라가 학교에 없는 상상만으로도 울컥해서…… 하지만 이제 그럴 걱정이 없어졌어요. 아, 기뻐서 눈물이 멈추질 않아요."

어느 쪽이든 울컥하는 모양이다. 이래서는 실컷 울게 내버려두는 수밖에 없다.

"어머나. 샬롯 양은 로라를 무척 좋아하는구나. 고마워라. 앞으로도 사이좋게 지내줘."

"당연해요, 어머님! 네! 꼭 그럴게요!"

샬롯은 더욱 격하게 로라를 끌어안고 머리를 쓰다듬고 뺨까지 비벼대기 시작했다.

머리카락이 헝클어져서 고역이었다.

나중에 누군가한테 빗질을 해달라고 하자.

"나도 로라가 좋아."

안나는 도라의 옷을 잡아당기며 작게 중얼거렸다.

"그래, 안나 양도 여기까지 함께 와주었지. 이렇게 사랑스럽고 멋진 친구를 둘이나 만들고…… 로라는 행복한 사람이구나."

"응…… 나도 샬롯이랑 안나가 좋아요. 평생 친구가 되어주세요!"

로라는 진심으로 감사와 애정을 담아 말했다.

길드레아 모험가 학교를 졸업해도 함께 있고 싶었다.

그러나 어쩌면 뿔뿔이 흩어질지도 모른다.

그래도 평생 친구로 남고 싶었다.

"로라, 로라아아~~~!"

겨우 울음을 그치려던 샬롯이 로라의 말을 듣고 다시 닭똥 같은 눈물을 쏟기 시작했다.

완전히 발동이 걸려버린 모양이다.

탈수 증상이 일어날까 봐 걱정될 정도로 울었다.

그런 샬롯이 우습고 사랑스러워서 로라와 안나, 도라는 웃으며 샬롯을 달랬다.

※

샬롯이 울음을 그쳤을 때, 브루노가 벌떡 일어났다.

"아버지……."

로라는 브루노에게 뭐라고 말하려 했지만 아무 말도 할 수 없었다.

그렇게 강하고 멋있던 아버지가 완전히 다른 사람처럼 잔뜩 초췌해져 있었다.

"로라…… 약속한 대로 자퇴는 무효다. 좋을 대로 해라. 네 인생이니까."

"네…… 감사해요."

이로써 로라는 목적을 달성했다.

2학기도 다닐 수 있다.

그 사실 자체는 기뻤다.

그런데도 전혀 설레지 않았다.

아버지의 이런 모습을 보고 싶지 않았다.

커다란 몸집은 그대로인데 당장에라도 사라져버릴 것처럼 보였다.

"여보. 마음은 알겠지만 기운 내요. 자기도 모르게 마법을 쓰고 있었던 게 뭐라고. 이번을 계기로 마법은 사악한 게 아니고 도움이 된다는 걸 알았잖아? 아니면 설마 본인 스스로와 자기 딸까지 사악하다고 할 셈이야? 여기 샬롯 양을 좀 봐요. 로라와 다시 학교에 갈 수 있다고 눈이 빨개질 정도로 울고 있어."

도라는 인왕처럼 우뚝 서서 남편에게 설교했다.

갑자기 화제에 올려진 샬롯은 수줍은 듯 고개를 숙였다.

브루노는 그 모습을 지그시 응시하고는 말없이 일어나 로라 일동에게서 뒤돌아섰다.

"엣. 아버지, 어디 가요?!"

로라의 물음에 브루노는 멈춰 섰다. 그러나 돌아보지는 않았다.

"다시 산에 들어갈 거다……. 잠시 혼자 있게 해다오……. 마음을 정리할 시간이 필요해……."

그곳에는 인생을 송두리째 부정당한 남자의 등이 있었다.

너무 가여워서 똑바로 쳐다볼 수도 없었다.

로라와 샬롯, 안나는 그만 시선을 외면하고 말았다.

그러나 도라만은 터벅터벅 걸어가는 브루노를 싸늘하게 쳐다보았다.

"그릇이 작은 사람이야. 솔직하게 딸의 성장을 기뻐하면 될 걸. 뭐, 머지않아 다시 괜찮아져서 돌아오겠지. 우리는 점심을 먹자꾸나. 뭐 먹고 싶은 거 있니?"

점심. 먹고 싶은 것. 그 두 단어를 들은 로라는 순식간에 아버지를 머릿속에서 쫓아냈다.

그리고 큰 목소리로 말했다.

"오믈렛! 어머니가 만들어주는 오믈렛이 먹고 싶어요!"

그 보들보들한 오믈렛을 떠올리는 것만으로 입에서 군침이 새어나왔다.

이미 머릿속은 오믈렛으로 가득 찼다.

오믈렛, 오믈렛…… 아아, 오믈렛!

"잠깐, 로라……. 몇 달 동안 못 먹었을 뿐인데 오믈렛 금단증상이라도 생긴 거야? 눈이 팽글팽글 돌고 있어."

"그야 학교 식당에서 파는 오믈렛은 어머니의 오믈렛만큼 부드럽지가 않아서 오믈렛이라고 말하기는 힘든 걸요! 그러니까 식당 오믈렛의 입가심으로 어머니의 오믈렛을 먹어서 입 안을 오믈렛으로 만들 거예요!"

"세상에! 로라가 이상해졌어! 빨리 만들 테니까 기다리렴!"

도라는 드물게 낭패한 모습을 보이며 집 안으로 뛰어 들어갔다.

"우우…… 오믈렛…… 오믈렛……."

한시라도 빨리 오믈렛을 입에 넣지 않으면 죽을 것 같다.

그 녹을 것 같은 부드러움과 달콤함.

오믈렛이야말로 세상의 진리다. 그렇다. 자신은 오믈렛을 먹기 위해 돌아온 거다.

"로라가 오래된 좀비처럼 움직이고 있어요!"

"분명 조종하는 강령술사의 실력이 형편없는 거야."

옆에서 샬롯과 안나의 목소리가 들려왔다.

그러나 지금 로라에게는 친구들의 말을 들을 여유조차 없었다.

"샬롯…… 금발…… 금색…… 오믈렛도 금색…… 샬롯은 오믈렛이었어!"

굉장하다. 어째서 지금까지 눈치채지 못했을까.

"오믈렛, 오믈렛! 잘 먹겠습니다!"

"응? 로라, 갑자기 무슨 짓을……!"

로라는 샬롯을 쓰러뜨리고 그 목덜미에 달려들었다.

이미 완전히 오믈렛이라고 믿고 있었기에 맛이 나지 않는 사실에 고개를 갸웃했다.

"아, 안 돼요, 안 돼요……. 아직 낮인데……."

"낮이니까요! 낮이니까 먹는 거예요!"

어째서 이 오믈렛은 오믈렛이면서 먹히는 걸 싫어하는 걸까.

아니, 오믈렛이 아니라 샬롯?

샬롯이 오믈렛으로 변했었다?

"소, 속인 거네요, 샬롯! 용서 못 해요!"

"뭘 말이에요?!"

"오믈렛을, 내 오믈렛을 돌려주세요!"

로라는 샬롯의 멱살을 쥐고 흔들었다.

그러나 오믈렛이 나타날 기미는 없었다.

너무하다. 로라는 그저 오믈렛이 먹고 싶은 것뿐인데.

"로라, 진정해. 샬롯은 오믈렛이 아니야. 흔들어도 오믈렛으로 변하지 않아."

"안나…… 붉은 머리카락…… 케첩…… 샬롯한테 뿌리면 오믈렛이 된다……?"

"윽?!"

안나는 뒤돌아 도망치려 했지만 뜻대로는 되지 않았다.

로라는 안나의 다리를 붙잡아 쓰러뜨리고는 샬롯 위에 안나를 올렸다.

"잘 먹겠습니다! 함냐함냐…… 맛이 안 나! 어째서죠?!"

"적당히 좀 해요!"

"로라를 정신 차리게 하려면 강경한 수단을 쓰는 수밖에 없어."

샬롯과 안나는 강화 마법을 실행했다.

증폭된 근력으로 로라를 냅다 밀쳐냈다.

"오믈렛의 반란?! 아니야, 오믈렛은 움직이지 않아……. 어라, 내가 무슨 짓을 한 거지……?"

"로라, 각오해요!"

"돼지 같은 비명을 질러보시지."

샬롯과 안나가 화가 난 얼굴로 다가왔다.

"아, 아니, 잠깐만요! 이제 정신이 돌아왔어요! 사과할 테니까 용서해줘요~!"

이 이후, 로라는 엄청난 간지럼힘을 당하고 귀에 바람이 불어넣어졌다.

※

오랜만에 먹는 엄마표 오믈렛은 역시 최고였다.

만들 때마다 들어가는 재료가 달라지는데 오늘은 부추와 다진 돼지고기였다.

달걀에는 치즈를 섞은 모양이다.

세세한 이론은 잘 모르지만 어쨌든 맛있었다.

오믈렛을 먹는 로라는 저절로 피어나는 미소를 참을 수 없었다.

로라뿐만 아니라 샬롯과 안나도 한 입을 먹자마자 눈이 휘둥그레졌다.

"뭐, 뭐죠? 이 보들보들하고 걸쭉한 오믈렛은······!"

"이런 건 처음이야."

맛있게 오믈렛을 먹는 세 사람을 바라보며, 도라는 행복한 표정을 지었다.

"딸이 한 번에 늘어난 것 같아서 기뻐. 세 사람 모두 한동안 이곳에 머물다 가렴. 여름방학은 한 달 넘게 남았잖니?"

지금은 7월의 끝이고 여름방학은 8월 말까지다.

브루노가 낸 자퇴 신청서를 거둬들인다는 목적은 일찍 달성했으니 놀고 싶은 만큼 노는 일만 남았다.

"오랜만에 돌아왔으니 느긋하게 있고 싶지만······ 샬롯과 안나는 괜찮아요?"

"난 기본적으로 한가하니까 괜찮아. 하지만 숙박료 같은 건 못 내."

안나는 오믈렛을 오물거리면서 말했다.

"참, 무슨 소리야! 로라의 친구한테 돈을 받을 리 없잖니."

"다행이다. 그럼 잘 부탁드려요."

안나는 꾸벅 머리를 숙였다.

"저도 특별한 계획은 없지만…… 마법 특훈은 계속하고 싶은데, 이 근처에서 해도 될까요?"

"물론이지. 이 주변은 한적한 게 유일한 장점인 곳이니까. 상대가 될 만한 몬스터는 좀처럼 구경하기 힘들지만…… 대신에 로라가 상대해주면 되지."

"응. 언제라도 상대해줄게요!"

그러자 샬롯이 눈을 번뜩였다.

"언제라도…… 그러니까 아침부터 밤까지 로라와 특훈을 할 수 있다는 거야?! 그럼 당분간 신세 질게요! 잘 부탁드려요!"

"어머나. 로라와 샬롯 양은 친구인 동시에 라이벌이네. 멋진 관계야. 아, 하지만 자연 파괴만큼은 적당히 해."

도라는 샬롯의 얼굴만 보고 두 사람의 관계를 알아맞혔다.

과연 A랭크 모험가이자 어머니다.

"그나저나 세 사람 다 식욕이 굉장하구나. 특대 오믈렛으로 만들었는데 벌써 다 먹은 거야?"

"어머니가 만들어주신 오믈렛은 세상에서 제일 맛있으니까요!"

"저희 집 셰프보다 솜씨가 좋으세요."

"매일 먹으면 뺨이 녹아버릴 거야."

칭찬 세례에 도라는 기분이 좋아졌다. 어머니가 칭찬받아서 로라도 기분이 좋았다.

그 후 말끔히 비워진 접시를 씻으려는데, 뜻밖에도 안나가 「도울게」라며 나섰다.

"청소, 빨래는 자신 있어."

실례지만 로라는 깜짝 놀랐다.

안나는 항상 멍한 얼굴을 하고 있어서 집안일과는 무관하다고 생각했었다.

사람은 겉모습으로 판단해선 안 된다고 반성했다.

"그럼 나도 도울게요!"

샬롯도 나섰다.

그렇게 되면 로라도 도울 수밖에 없다.

입학하기 전에는 접시를 씻거나 식탁을 닦기도 했었으니 집안일 돕기는 자신 있었다.

"다들 고맙구나. 여자애가 많으니 한결 수월하네!"

도라는 기뻐하며 말했다.

그러나……

쨍그랑.

부엌에 그릇이 깨지는 소리가 요란하게 울려 퍼졌다.

샬롯이 떨어뜨린 거다. 이걸로 두 개째였다.

"죄, 죄송해요……. 손이 미끄러져서……."

샬롯은 부랴부랴 깨진 접시 조각을 주워 모았다.

로라는 그것을 도우면서 의문점을 입 밖에 냈다.

"……샬롯. 혹시 집안일을 못 하는 타입이에요?"

"우우…… 전부 가정부들이 해주니까요……. 면목이 없어요."

"샬롯 집에는 가정부들이 있어요……?"

아무래도 상당한 부자인 것 같았다. 가자드 가문이 유서 깊은 마법사 집안이고 나름대로 유복하다는 것은 알고 있었지만 설마 가정부가 있을 정도라니.

하지만 야무진 샬롯의 빈틈을 발견해서 로라는 살짝 재미있었다.

한편 안나는 자신만만했던 만큼 무난하게 해냈다.

"안나 양 덕분에 눈 깜작할 사이에 끝냈어. 고맙구나."

"천만에요."

칭찬받은 안나는 쑥스러운 듯이 머리를 긁적였다.

"크흑… 설마 이런 걸로 안나한테 지다니……!"

"후후. 샬롯 양은 마법 특훈만 할 게 아니라 여름방학 동안 여기서 집안일 특훈도 할까요?"

"정말요?! 꼭 부탁드려요!"

이렇게 샬롯은 도라의 제자가 되었다.

※

　모두 함께 목욕한 뒤 기숙사에서 가지고 온 동물 잠옷으로 갈아입고 거실로 돌아왔다.

　"어머니, 다 씻었어요~."

　"그래~ 어머나. 잠옷이 너무 귀여워! 안 그래도 귀여운데 그런 걸 입고……!"

　도라는 세 사람을 품에 안고 쓰다듬었다.

　그 후 품에서 풀려나 이층 방으로 올라가려는데, 안나가 도라의 옷을 잡아당기며 눈을 치뜨고 말했다.

　"샬롯은 도라 아줌마의 제자가 됐어. 그러니까 나는 브루노 아저씨의 제자가 될래. 소개해줘요."

　그것은 뜻밖의 말이었다.

　로라에게 브루노는 아버지고 안나는 학교 친구다.

　그 두 사람이 사제지간이 되는 것은 상상도 할 수 없다.

　그러나 잘 생각해보면, 브루노 에드몬즈는 검사에게 일종의 브랜드 같은 것이다.

　함께 일했었다는 것만으로도 남들에게 자랑거리였다.

　그런 남자의 검기를 가까이에서 보고 같은 검사인 안나가 평정을 유지할 수 있을 리 없다.

로라는 매일 브루노에게 검술을 배운 것이 얼마나 과분한 것인지를 새삼 깨달았다.

"제자 말이네…… 하지만 그 사람은 지금 충격 때문에 그럴 때가 아닐 텐데……. 아니야, 그러니까 오히려 좋은 자극이 되려나? 그럼 내일 아저씨가 있는 산까지 가볼까. 정확한 위치는 모르지만…… 다 같이 산 사냥이다!"

"네!"

산 사냥이라는 말에 안나는 외침과 동시에 주먹을 쳐들었다.

그러나 지금 도라는 「다 같이」라고 했다.

다시 말해 로라와 샬롯도 함께 가야 한다는 뜻이다.

안나를 위해서라면 언제라도 발 벗고 나설 수 있지만 친아버지를 사냥하는 것은 마음이 내키지 않았다.

"후후후……. 그 브루노 에드몬즈를 상대로 사냥을……. 팔이 근질근질해요!"

무턱대고 의욕을 보이는 금발의 아가씨도 있다.

아무래도 내키지 않는 건 로라 뿐이었다.

"그럼 오늘은 빨리 자는 게 좋겠어요!"

"셋이서 자는 거 기대돼."

샬롯의 제안에 안나가 동의했다.

두 사람은 로라의 팔을 끌어당기며 이층 방으로 향했다.

그리고 누가 로라를 포옹 베개 삼아 잘지를 두고 말다툼을 시작해 늦도록 잠들지 못했다.

※

다음 날. 도라를 선두로 넷이서 줄지어 산을 올랐다.

산이라고 해봐야 그다지 큰 산이 아니다. 반나절이면 마을과 산 정상을 오갈 수 있다.

서식하는 몬스터도 일각 토끼나 세눈박이 도마뱀 등 약한 개체들뿐이다.

그렇지만 어디에 있는지 모르는 사람을 찾아내는 것은 힘들다.

"어머니. 어디 짐작 가는 곳 없어요?"

"짐작 가는 데라기보다 이럴 때 아빠는 발자국을 찾기 쉬우니까."

"발자국?"

브루노는 확실히 왕발이지만 그렇다고 확실히 알 수 있을 정도로 땅에 자국이 남을까.

로라 일동은 의아한 듯이 서로 얼굴을 마주 보며 도라의 뒤를 쫓아갔다.

그러자 벌목된 거목이 나타났다.

"엣, 이게 뭐지. 분명 날붙이로 벤 자국……. 게다가 잎이 아직 푸른 걸 보면 벤 지 얼마 안 된 건가?"

"하지만 이런 큰 나무를 베는 건 중노동이에요. 보통은 목재로 팔기 위해서 베죠. 그런데 아무렇게나 방치되어 있다니……."

"마치 요괴 짓 같아."

로라 일동은 잘린 그루터기와 쓰러진 나무를 쳐다봤다.

두 팔로 안아도 품에 다 들어오지 않을 만큼 두꺼운 나무다.

단면은 무척 매끄러워 톱이 아니라 칼로 벤 것처럼 보였다.

이런 거목을 칼로 자를 수 있는 자는 분명 뛰어난 검사임이 틀림없다.

"혹시 아버지?!"

"아마 그럴 거야. 로라가 태어난 후로는 그만뒀지만, 아빠는 화가 나거나 마음이 울적해지면 숲이나 산속에 틀어박혀서 그 주변에 있는 나무에 화풀이를 했어. 아무리 큰 나무라도 단칼에 두 동강 냈지."

"엣. 하지만 나무가 아까워요."

무분별한 자연 파괴는 그다지 감탄할 것이 못 된다.

"그건 괜찮아. 나중에 냉정을 되찾으면 제대로 통나무로 만들어서 파니까. 신출내기 모험가 시절에는 꽤 좋은 벌이가 됐었어."

"와아…… 그런 일도 했었구나."

로라는 아버지의 의외의 모습을 알고 마음이 복잡해졌다. 그러나 생각해보면 자기가 태어나기 전의 부모님은 거의 모른다. 물론 모험가로서는 유명해서 그들의 이야기는 저절로 귀에 들어왔다.

브루노가 직접 자랑스레 말한 적도 있었다. 그래서 로라는 위대한 모험가였다는 밝은 측면만을 봐왔다.

그러나 브루노가 마법사를 혐오하게 된 일이 의외로 시시하다거나 이렇게 나무에 분풀이를 한다는 한심한 면을 알게 되고 말았다.

하지만 로라는 아버지가 여전히 좋았다.

"통나무로 돈을 번다⋯⋯. 좋은 걸 배웠어."

안나는 무척 감탄하며 고개를 끄덕였다.

"아, 하지만 마을에서 가까운 숲은 그곳 영주의 숲이니까 함부로 벌목하면 혼나. 깊은 숲 속이 아니면 안 돼. 우리는 이곳 영주와 각별한 사이라 괜찮지만."

"⋯⋯수지가 안 맞을 것 같아."

"맞아. 돈을 벌고 싶은 거면 몬스터 사냥을 하는 게 더 좋을 거야."

안나는 낙심한 듯 어깨를 떨구었다.

그러자 샬롯이 로라에게 작게 귓속말을 해왔다.

"⋯⋯역시 안나는 돈이 부족한 걸까요?"

"음. 그런 것 같지만, 본인한테는 물어보기 어려워요."

노숙 같은 생활을 한다면 몰라도 마을에서 살려면 돈이 필요하다.

돈이 무척 중요하다는 것 정도는 아홉 살인 로라도 알았다.

가난하다는 것은 힘든 거다. 적어도 자랑거리는 아니다.

그래서 「당신은 가난한가요?」라고 묻는 것은 어렵다.

"얘들아, 잠깐 이쪽으로."

도라의 부름에 모두 그쪽으로 향했다.

그곳에도 잘린 나무가 쓰러져 있었다. 다만 한 두 그루가 아닌 십수 그루가 있었다.

마치 길을 열듯이 일직선으로 잘려 있었다.

"아빠는 이 너머에 있는 것 같아."

"브루노 아저씨는 내가 부탁하면 제자로 받아줄까?"

"글쎄. 그건 안나 양의 재능을 보여주면 되지 않을까?"

"……알았어. 해볼게."

안나는 주먹을 꽉 쥐었다.

그러나 재능을 보여준다고 해도 구체적으로 뭘 하는 걸까.

설마 다짜고짜 베려고 달려들까.

아니다. 브루노가 상대라면 그런 알기 쉬운 방법이 효과적일지도 모른다.

안나의 검술은 구부러짐 없이 곧다.

그걸 보면, 침울해져 있는 브루노도 의욕을 보일지도 모른다.

"어? 어머니는 그러려고 안나를 데리고 온 걸까?"

로라는 부부라는 것을 살짝 안 것 같은 기분이 들었다.

※

브루노 에드몬즈는 실의에 빠진 채 산중에 틀어박혀 허공을 응시하고 있었다.

이제 다시 일어설 수 없을 것 같았다.

어쨌든 모든 것을 부정당했으므로.

딸에게 진 것은 좋다. 언젠가 자기보다 강해지길 바라며 키워왔다. 아무리 그래도 너무 빠르다고는 생각하지만 절망할 정도의 일은 아니다.

그 딸이 마법을 쓰고 있었다. 이것도 아슬아슬하게 용납했다. 아니, 실제로는 용납하기 힘든 사안이지만 더 큰 문제가 생기는 바람에 그 존재감이 옅어졌다.

그렇다. 가장 큰 문제는 이 브루노 에드몬즈가 자기도 모르는 사이에 마법을 쓰고 있었다는 사실이다.

"기합의 본심 모드가 설마 강화 마법이었다니……! 젠장!"

어쩐지 이상하다는 생각은 했었다.

기합을 넣는 것만으로 몇 배나 강해지다니 말이다.

게다가 몸이 빛나고 휘잉 휘잉 바람까지 일어났다.

그러나 『내 기합이 그만큼 굉장한 것』이라며 납득했다.

마법 따위에 기대지 않아도 인간은 이만한 일을 할 수 있다고 오히려 우쭐했었다.

그것이 마법이었다니 코미디가 따로 없다. 어째서 지금까지 누구도 지적해주지 않은 걸까.

아니다. 본심 모드는 현역 시절부터 거의 쓸 기회가 없었다.

쓸 때는 거추장스러운 자들을 버리고 아내와 단둘이 될 때였다.

남들 앞에서 사용한 건 이번이 처음이다.

그리고 딸에게 「그건 마법이에요」라는 소리를 들었다.

이래서는 로라에게 마법을 쓰지 말라고 설교하는 건 무리다.

더구나 『본심 모드일 때의 나, 진짜 멋지지 않아?』라고 생각했었다.

마법인데!

"이제 무엇에 기대 살아야 하는 거야……."

차라리 마법을 좋아해버리면 간단한 얘기다.

그렇게 생각하고 마음을 정리하려 했다.

그러나 아무리 해도 누나의 얼굴이 어른거렸다.

자기와 도라를 미끼 삼아 리바이어던에게서 달아났던 마법사를 떠올렸다.

그러나 동시에 마법을 쓰며 즐겁게 싸우는 로라의 모습도 떠올랐다.

"그 녀석도 마법을 싫어했을 거야. 내가 키웠으니까. 그런데 어째서 이렇게 짧은 시간 안에 마법을 좋아하게 됐지? 젠장, 모르겠어!"

브루노는 말 그대로 머리를 감싸 안았다.

차라리 이대로 흙으로 돌아가고 싶다고 생각했다.

그렇게 괴로워하는 브루노에게, 사랑하는 아내의 목소리가 들려왔다.

"여보. 찾았다."

도라는 브루노의 앞에 웅크려 앉았다.

"데리러 온 거야? 미안하지만 조금만 더 혼자 있게 해줘……."

"그렇게는 안 되겠어. 로라가 친구들을 데리고 왔는데 당신이 계속 꼴사납게 있는 건 곤란해. 그러니까…… 안나 양, 해버렷!"

"……그럼, 갈게요!"

도라가 옆으로 풀쩍 뛰었다.

그 직후, 거대한 검을 든 붉은 머리칼의 소녀가 브루노를 베려고 달려들었다.

"하아아아아앗!

소녀의 우렁찬 외침과 함께 정수리에 칼날이 날아들었다.

"오옷. 애송이 주제에 훌륭한 솜씨군."

브루노는 상대를 칭찬하면서도 땅에 꽂혀 있던 자기 검을 번쩍 쳐들었다.

검과 검이 충돌하고 밀치락달치락하고, 그리고 당연히 자신이 이겼다.

"크윽!"

튕겨 나간 소녀는 크게 뒤로 날아갔다.

그 모습을 보면서 브루노는 천천히 일어나 검을 어깨에 짊어졌다.

"당신. 이게 무슨 짓이야? 로라의 친구를 이용해서 날 암살할 생각이야?"

"어머, 아니에요. 그 애의 눈을 보면 알잖아요. 살기가 아닌 투기예요."

굳이 말해주지 않아도 한눈에 알 수 있다.

이 붉은 머리칼의 소녀는 검 솜씨도 눈빛도 곧다.

대치하고 있으면 자세를 바로하고 싶어진다.

"……브루노 아저씨. 여름방학 동안, 제자로 받아줘. 아니, 제자로 받아주세요."

높임말이 익숙하지 않은지 더듬거리며 고쳐 말했다.

"제자라. 아가씨, 강해지고 싶어?"

"강해지고 싶어."

즉시 대답했다.

"왜 강해지고 싶지?"

"……키워준 사람한테 은혜를 갚으려면 돈이 필요해."

"그렇군. 그럼 돈이 있으면 강해지지 않아도 돼?"

붉은 머리칼의 소녀는 잠시 생각했다가 고개를 저었다.

"그래도 강해지고 싶어. 검을 더 능숙하게 다루고 싶어. 검은 재밌으니까."

그렇다. 검은 재밌다.

브루노는 검만 휘두르면 그것만으로도 행복해질 수 있었다.

마법 따위 없어도 된다.

"그럼 마지막 질문이다. 왜 내 제자가 되고 싶지? 나는 어제 로라한테 졌다. 스승으로 삼을 거면 로라가 낫지 않겠어?"

"확실히 로라가 이겼어. 로라는 강해. 하지만 그것뿐이야. 검기는 브루노 아저씨가 더 멋있었어."

"멋있었다라……."

브루노는 가슴이 찡해지는 것을 느꼈다.

이건 뭘까.

조금 전까지 그렇게 침울해 있었는데 의욕이 솟아났다.

"좋다. 문답은 여기까지다. 남은 건 실천뿐. 아무리 의욕이 있어도 웬만큼 강하지 않으면 내 제자는 못 돼."

"알고 있어…… 갈게요!"

그렇게 붉은 머리칼의 소녀와 브루노의 검극이 시작됐다. 물론 제대로 된 싸움은 아니다.

소녀의 실력을 보기 위해서 우선은 방어로 일관하며 어떤 공격을 걸어오는지를 확인했다.

그러나 그렇다 해도 대단한 솜씨였다. 소녀는 자기 키만 한 거대한 검을 엄청난 속도로 다루었다. 속도만 놓고 본다면 일류다.

지금 당장 C랭크 모험가로 데뷔해도 문제없다. 그리고 머지않아 B랭크가 될 것이다.

그러나 약점은 뚜렷했다. 약한 적이라면 이 속도만으로 압도할수 있겠지만 검의 방향이 지극히 단순하다. 때때로 속임수를 섞어가며 애쓰고 있지만 경험이 압도적으로 부족하다.

"그렇군. 이번엔 내가 공격한다. 잘 막아봐."

"큭!"

브루노는 싸움의 흐름을 바꿨다. 그 사실에 소녀는 아주 짧은 순간 당황했지만, 간신히 브루노의 검을 맞아냈다.

아이치고는 훌륭한 반응이다.

마치 브루노의 검을 알고 있는 움직임이었다.

"아가씨. 혹시 학교에서 로라의 검을 막은 적이 있나?"

"로라하고는 매일같이 검 훈련을 해."

"오오, 그래. 로라 녀석, 진짜 검이 싫어진 게 아니었군."

그 사실에 기분이 좋아진 브루노는 공격을 이어갔다.

물론 힘 조절을 거듭했다.

그러지 않으면 붉은 머리칼의 소녀는 지금쯤 두 동강 났다.

그럼에도 소녀의 움직임은 칭찬할 만했다.

너무했나 싶은 공격에도 잘 대응해왔다.

"……브루노 아저씨. 수비만 하는 것도 지루하니까 나도 공격할래."

"오오, 좋은 기백이다. 할 수 있으면 해봐!"

그 순간, 소녀의 움직임이 극적으로 변했다.

몸이 희미하게 빛나며 속도가 두 배 가까이 빨라졌다.

"이건 기합의 본심 모드……. 아니, 강화 마법인가!"

제아무리 브루노라도 허를 찔렸다.

그러나 물론 이 정도로 부상을 입지는 않는다.

아주 살짝 식은땀을 흘렸을 뿐이다.

"아가씨, 굉장한데. 이름이 뭐라고 했지?"

"안나 아네트."

"그래, 안나 양이군! 소원대로 여름방학 동안 제자로 삼아주지.
하지만 재밌으니까 이대로 조금만 더 싸워볼까!"

"바라던 바, 예요."

그 후로 몇 분 동안 브루노는 안나와 놀았다.

실로 즐거운 시간이었다.

로라에게 검을 가르쳤던 때가 떠올랐다.

상대가 강화 마법을 쓰는 것은 조금도 신경 쓰이지 않았다.

전위는 좋다. 검은 좋다.

거기에 마법이 섞여도 좋은 건 좋은 거다.

"그래. 이렇게 간단한 거였어!"

※

로라와 샬롯은 브루노와 안나의 싸움을 가까운 수풀 속에서 지켜보고 있었다.

"안나가 무사히 제자로 받아들여진 것 같아서 다행이에요."

"네. 그리고 아버지도 다시 기운을 차린 것 같아요. 다행이다."

그런 말을 주고받고 있는데 도라가 부스럭거리며 다가왔다.

"후후후, 노린 대로야. 울적할 때는 엄청 울적하면서 사소한 계기로 괜찮아진다니까. 단순해."

도라는 무언가를 그리워하는 목소리로 말했다.

분명 로라가 모르는 것들이 많이 있을 것이다.

두 사람은 내 부모이기 이전에 부부야, 라고 로라는 살짝 어른스러운 생각을 했다.

※

　그 후, 브루노는 산에서 내려와 다음 날부터 안나와 격렬히 검을 부딪쳤다.

　"상대의 칼끝에서 눈을 떼지 마라! 시선과 발끝도 마찬가지다! 가능하면 온몸 근육의 움직임도 파악해! 단, 그러다 역습을 당해서 걸려드는 수도 있어!"

　"스, 스승님. 그렇게 한 번에 말해도……."

　"응석은 안 통해!"

　아침식사를 끝마친 집 앞에서 요란한 금속음이 울려 퍼졌다.

　그 소리를 듣고 있자니 로라도 끼어들고 싶어졌다.

　그러나 셋이서 싸우면 난전으로 변해 훈련할 상황이 아니게 된다.

　그래서 로라는 친구를 위해서 눈물을 삼키며 견학만 했다.

　"로라. 그냥 구경만 하는 건 지루하죠? 나랑 시합하지 않을래요?"

　마당에 앉아서 훈련을 지켜보고 있는데, 샬롯이 다가왔다. 고약한 취향의 해골 펜던트를 목에 걸고 있었다.

　마력 부하를 거는 『봉마의 펜던트』다.

　차고 있기만 해도 마력 훈련이 된다는 편리한 물건이지만 딱히 아침부터 차지 않아도 될 텐데라고 로라는 생각했다.

　"시합이라니, 이런 곳에서 마법 시합을요? 나랑 샬롯이 하면 집이 사라질 거예요."

"후후후. 마법을 쓰지만…… 검이에요!"

그렇게 말한 샬롯의 오른손에서 빛의 검이 뻗어 나왔다.

"오오?! 마력으로 만든 검이에요?! 굉장해요, 나도 해볼래요!"

눈썰미로 보고 배운 것을 직접 해보자 로라의 오른손에서도 빛의 검이 윙 소리를 내며 뻗어 나왔다.

"머, 멋있어!!"

쇠 검과는 다르게 무게가 느껴지지 않는 것은 아쉬웠다. 그러나 들고 다니지 않아도 되고 무엇보다 반짝반짝 빛나서 아름답다.

"사흘 동안 연습한 기술인데…… 뭐, 됐어요. 로라는 그런 생물이라는 걸 아니까요. 자, 그럼 시합해요!"

"괜찮지만…… 마력으로 만든 검이라도 검은 검이에요. 샬롯, 검을 쓸 줄 알아요?"

"아니요. 그러니까 로라와 싸우면서 익히려고요."

"호호. 참고로 샬롯, 검 적성치는 얼마예요?"

"75예요."

샬롯은 시치미 뗀 얼굴로 말했다.

"의외로 높아! 마법밖에 모른다는 인상이었는데……. 전사학과에서도 충분히 적응할 수 있겠어요!"

"되는 여자는 뭘 해도 돼요. 자, 로라. 로라의 검기를 훔칠게요."

"그렇게 간단히 훔칠 수 있는 게 아니에요! 훔칠 수 있으면 훔쳐보세요!"

로라는 빛의 검을 겨누고 샬롯을 베려고 달려들었다.

"엣, 뭐예요. 갑자기 진지하게 나오는 거예요?"

"이건 진지한 거랑은 거리가 멀어요. 자자!"

"으윽, 로라가 사디스트같은 눈으로 변했어요."

샬롯은 강화 마법으로 신체 능력을 한계까지 끌어올렸다.

그에 비해 로라는 원래 가진 근력만으로 검을 휘둘렀다.

그러나 샬롯은 오로지 방어만 했다.

로라가 대강 휘두르는 검을 막는 것만으로도 벅찼다.

당연한 얘기다.

로라는 멋으로 세 살 때부터 검을 휘두른 게 아니다.

"안 되겠어요. 일단 피할게요!"

"아, 샬롯. 검 승부에서 공중으로 피하다니, 비겁해요!"

비행 마법으로 날아오른 샬롯을 쫓아, 로라도 날았다.

휘잉 휘잉 바람을 가르며 허공을 떠다니다가 엇갈리는 순간 검을 부딪쳤다.

이런 변칙적인 싸움이라면 검기는 별로 도움이 되지 못한다.

"샬롯, 검 승부였잖아요?! 이건 마법 싸움이에요!"

"난 『시합하지 않을래요?』라고 했을 뿐이에요!"

"으윽…… 그럼 살짝 진지하게 할 게요!"

"그럼 나도 봉마의 펜던트를 풀게요!"

두 사람은 속도를 올려 빛의 검을 부딪쳤다.

중간부터는 얼음 창과 불꽃탄도 날아다니기 시작했다.

이미 왜 싸우고 있는지조차 알 수 없어졌지만 즐거우니 상관없다.

"그런데 샬롯. 결승전이 끝나고 마력이 원래대로 돌아왔는데도 하늘을 날 수 있네요!"

"마력이 줄어들어도 기술은 그대로예요!"

"그렇군요! 그리고 마력도 왠지 매일 조금씩 늘고 있는 느낌이에요."

"한번 정점을 봤으니까요……. 목표가 생기면 성장도 빨라지는 법이에요!"

화력의 규모는 비교할 것이 못 되지만 결승전 때도 로라와 샬롯은 이렇게 공중에서 마법전을 펼쳤었다.

그것은 확실히 가슴 두근거렸다.

그 순간만큼은 샬롯은 로라와 같은 영역에 서 있었다.

그 체험이 샬롯의 성장을 부추겼다. 이렇게 한창 싸우는 중에도 샬롯이 조금씩 강해지고 있는 기분이 들었다. 그 사실이 어쩐지 즐거워서 로라는 흠뻑 빠져 싸웠다.

이윽고 몇 시간 후…….

"잠깐, 다들. 언제까지 싸우고 있을 거야! 이미 점심시간이야, 돌아와~!"

앞치마를 두른 도라가 현관에서 소리쳤다.

"여보, 조금만 더 기다려줘. 안나 양이 점점 성장하는 게 즐거워."

지상에서 브루노가 그렇게 말했다.

그래서 로라도 흉내 내어 비슷한 말을 해봤다.

"나도 샬롯의 성장이 즐거워서 좀 더 싸우고 싶어요."

적당한 이유를 들며 지상조도 공중조도 전투를 이어가려고 했다.

그러나 그 말을 들은 도라에게서 휘잉 하고 마력이 일어났다.

"아, 그래? 모처럼 평소보다 정성을 들인 특제 오믈렛을 만들었는데 안 먹고 싶은가 보네. 그럼 내가 다 먹어야지."

""""특제 오믈렛?!""""

로라와 샬롯, 브루노, 안나 네 사람이 동시에 외치며 현관으로 뛰어 들어갔다.

특제 오믈렛을 먹은 뒤, 오후는 여가 시간이다.

호수에서 수영이나 낚시를 하거나 하이킹을 했다.

다음 날도 오전에는 수련을 하고 오후에는 놀았다.

그런 즐거운 나날은 시간도 빨리 흐른다.

여름방학은 눈 깜짝할 사이에 끝나가고 있었다.

여름방학이 끝나기 약 일주일 전 어느 날.

　평소처럼 오전 수행은 끝났다.

　오후에는 뭘 하며 놀까 하고 셋이서 로라 방에 모여 대화하고 있을 때였다.

　"어, 엄청난 걸 깨달았어요!"

　문득 샬롯이 외쳤다.

　"무슨 일이에요? 굉장한 놀이라도 생각해낸 거예요?"

　"로라, 무슨 한가한 소리예요! 우리, 숙제를 하나도 안 했어요……!"

　숙제, 그건 뭘 뜻하는 단어일까라는 생각에 로라는 패닉에 빠졌다.

　아니다. 물론 뜻은 알았다.

　알기에 더욱 이해하고 싶지 않았다.

　"여름방학 숙제가 잔뜩 있는데…… 들고 오지도 않았어요!"

　로라의 등에 식은땀이 주룩 흘러내렸다.

　몸이 떨리고 이가 딱딱거렸다.

　"샬롯…… 왜 그런 걸 떠오르게 해…… 잊은 채로 지내고 싶었는데."

안나도 마찬가지로 몸을 떨며 창백해졌다.

생명의 위협을 느끼면 이런 표정이 된다의 좋은 예다.

"계속 잊고 있어서 어쩌려고요?! 아직 일주일이 남았어요. 빨리 기숙사로 돌아가서 숙제를 하지 않으면 여름방학이 끝나는 날 선생님이 우릴 죽일 거예요!"

"……이미 늦었어. 어차피 죽는 거면 적어도 여름방학 동안은 행복하게 지내고 싶어. 그러니까 나는 숙제에 대한 기억을 지울래."

"현실 도피는 옳지 않아요! 자, 로라도 정신 차리고 돌아갈 준비를 해요!"

샬롯은 손을 휙휙 휘저으며 필사적으로 호소했다.

그러나 로라와 안나는 둘 다 눈을 뒤집고 굳어버렸다.

그럼에도 불구하고 샬롯은 혼자서 세 사람 분의 짐을 꾸렸다.

그리고 브루노와 도라에게 사정을 설명하고 예정보다 일찍 돌아가는 것을 알렸다.

"어머나 세상에. 숙제를 잊고 온 거면 할 수 없지. 다음에 올 때는 꼭 챙겨와!"

"언제든지 놀러와라. 그리고 로라하고 안나! 검 훈련 빼먹지 마라!"

웃는 얼굴로 손을 흔드는 도라와 눈물을 글썽이는 브루노의 배웅을 받으며 세 사람은 왕도로 출발했다.

서둘러야 했기에 마차가 아닌 도보를 선택했다.

언젠가 그랬던 것처럼 로라가 선두에 서서 슬립스트림으로 샬롯과 안나를 잡아당기며 가도를 미친 듯이 달렸다.

이대로라면 해가 지기 전에 도착할 것이다.

하지만 기숙사에 돌아가면 숙제를 해야 한다.

숙제를 하지 않고 넘어갈 방법은 없을까―.

로라가 그런 발칙한 생각을 하고 있는데 길이 메젤 강과 합류했다.

일찍이 수수께끼 3인조 『인형탈 부대 파자마레인저』가 리바이어던을 무찌르고, 거물 파티인 『진홍의 방패』를 구한 곳이 이 메젤강이다.

"어라? 어라라?"

로라는 강을 떠내려가는 수상한 물체를 발견하고 우뚝 멈춰 섰다.

갑자기 멈추는 바람에 로라의 배낭에 샬롯이 얼굴을 찧었다.

"꺄앗!"

샬롯의 배낭에 안나가 부딪혔다.

"크웁!"

그리고 앞으로 밀린 로라는…… 슝 날아갔다.

고작 두 소녀에게 부딪힌 것뿐이지만, 강화 마법과 슬립스트림을 함께 사용한 속도로 달리고 있었다.

그 운동 에너지는 한마디로 어마어마하다.

아홉 살인 로라를 날려버리기에는 너무나도 충분하다.

"으아아, 으아아아아악!"

조금만 더 냉정했을 때라면 비행 마법으로 어떻게든 대처했겠지만 숙제에 대한 불안과 강을 떠내려가는 수상한 물체로 머릿속이 가득 차 있었다. 그런 와중에 뒤에서 기습을 당했으니 비행 마법을 사용할 겨를이 없었다.

로라는 맥없이 강에 빠졌다.

첨벙.

"로라?! 로아아아아아아!"

"큰일이야…… 평소보다 유속이 빨라서 이대로라면 바다까지 떠내려갈지도 몰라."

"안 떠내려가요!"

로라는 그제야 비행 마법을 발동시켜 무사히 귀환했다.

온몸이 흠뻑 젖었지만 불꽃 마법으로 말리면 괜찮을 것이다.

그것보다—.

"로라, 무사해서 다행이에요. 그런데 손에 들고 있는 그건……?"

"나도 잘 모르지만 떠내려오길래 주워봤어요. 아까는 이걸 보고 멈춘 거예요."

로라가 두 팔로 안고 있는 것은 알처럼 생긴 물체였다.

색깔은 옅은 크림색과 하늘색이고 줄무늬가 있다.

크기는 제법 커서 로라의 머리 두 개 정도 크기다.

진짜 알이라면 상당히 거대한 종이다.

"혹시 들고 가서 먹게?"

안나는 그렇게 중얼거리며 츄릅 군침을 삼켰다.

"이 정도로 큰 알이라면 오믈렛을 잔뜩 만들 수 있어요…… 앗, 안 먹어요! 분명 희귀한 생물의 알일 거예요. 이걸 조사해서 자유 연구 과제로 제출할 거예요!"

"좋은 생각이에요, 로라. 세 사람의 합동 연구로 하면 자유 연구 과제는 단번에 해결이에요."

샬롯이 눈을 빛냈다. 마법 수행은 누구보다 진지하게 임하면서 숙제는 적당히 넘기려는 모양이다.

"하지만 알이 아니면 어쩌지?"

"그, 그건……."

안나의 지적에 로라는 말이 막혔다.

강을 떠내려온 물체의 정체는 알의 형상을 한 오브제였습니다, 라는 연구 결과는 아무리 에밀리아 선생님이라고 해도 받아들여 주지 않을 것이다.

그러나 그것은 기우였다. 왜냐하면…….

"앗! 방금 알이 움직였어요!"

알을 안고 있는 로라의 팔에 똑똑히 전해질 정도로 알 속에서 무언가가 움직였다.

확실히 생물이 들어 있다.

문제는 무엇이 들어 있느냐지만―.

"안에 든 게 터무니없는 괴물이면 어쩌지?"

안나가 소박한 의문을 제기했다.

"괴물이면 더더욱 이런 곳에 방치하면 안 돼요. 나나 학장님이 있는 학교로 가져가야 해요!"

"그것도 그런가."

안나가 납득했다.

"후후후. 나도 있어요!"

"그, 그래요……!"

이런 연유로 이 알은 가지고 가기로 했다.

※

그것은 버려진 작은 요새였다.

지어진 지 몇 백 년이 지났는지, 애당초 누가 어떤 목적으로 만들었는지도 모른다.

길에서 멀리 벗어나 있고 주변의 숲에는 수많은 몬스터가 살고 있어 누구도 찾지 않는 까맣게 잊힌 요새다.

그러나, 바로 그렇기에 사람들 눈에 띄고 싶지 않은 자에게 이보다 좋은 장소는 없다.

불과 얼마 전까지만 해도 이곳은 고블린의 보금자리였다.

그러나 고블린들은 도적단에게 쫓겨났다.

그 도적단의 이름은 잿빛 밤.

최근 팔레온 왕국을 어지럽히고 돌아다니는 악명 높은 자들이다.

그리고 요새는 잿빛 밤의 은신처로 변해 있었다.

그들은 요새 깊숙이 틀어박혀 촛불에만 의지한 채 이번에는 상단을 덮칠까. 마을을 통째로 점령할까. 광산에서 보석을 실어 나르는 마차를 노릴까, 같은 음모를 꾸몄다.

자리에 모인 멤버 여섯은 저마다 수집한 정보를 바탕으로 다음 「일」을 어떻게 할지를 고민했다.

그들의 공통된 생각은 궁상맞은 일은 하기 싫다는 거였다.

행인을 덮쳐 홀딱 벗겨먹는 식으로 쪼잔하게 벌어먹고 싶지는 않았다.

이미 도적으로 타락한 신세였다. 더 이상 내려갈 곳은 없었다.

그렇다면 견실하게 버는 게 무슨 소용이란 말인가.

크게 벌어서 펑펑 쓰다가 죽을 때 죽는 것.

그런 자기들에게 가장 어울리는 일이 뭘까.

"그런데 『하쿠』가 슬슬 죽을 때가 된 것 같아."

멤버 중 한 명이 불쑥 말했다.

나머지 다섯 명이 그를 주목했다.

"틀림없는 정보야?"

"어. 내가 직접 상인으로 변장하고 수인 마을까지 가서 이 눈으로 보고 왔어. 하쿠의 알이 마을 한가운데에 모셔져 있었어. 틀림없어."

"……하쿠는 죽을 때가 다가오면 알을 낳아서 자신의 복사본을 만들어. 하쿠의 알이라면 얼마에 팔릴지 짐작도 안 가."

"알뿐만이 아니야. 하쿠의 사체도 비싸게 팔려. 수인을 몰살해서라도 손에 넣을 가치가 있어."

오랜만에 큰 건수가 될 것 같다며 그들은 입맛을 다셨다.

수인은 높은 신체 능력을 가졌지만 결국 그게 다다.

신중히 움직인다면 몰살하는 것은 일도 아니다.

그리고 하쿠가 아무리 강하다고 해도 다 죽어가는 상태라면 어떻게든 된다.

알은 말할 것도 없다.

"그럼 정해졌네. 다음 표적은 하쿠의 사체와 그 알이다. 수인들이 방해하면 몰살해도 좋아……. 아니, 죽이는 건 남자만이다. 여자는 생포해서 즐긴 다음에 팔아넘긴다. 수인 노예를 원하는 변태는 얼마든지 있으니까."

두목인 도끼술사는 그렇게 이야기를 매듭지은 뒤 섬뜩한 미소를 지었다.

※

아직 여름방학이 한창이다.

대부분의 학생은 본가로 돌아가거나 여행을 떠나 저마다 긴 휴가를 만끽했다.

교사도 마찬가지였다.

학생들을 돌보는 일에서 해방되어 오랜만에 모험가 길드로 가 퀘스트를 받고 교사끼리 팀을 짜서 원정을 떠나거나 던전에 숨어들거나 하며 각자 원하는 대로 휴가를 보냈다.

또 학장인 대현자는 마법학과 교사들을 불러 모아 일주일간 단기 집중 강화 합숙을 시행했다.

명목은 『재능 넘치는 학생들에게 충실한 교육을 제공하기 위한 연구회』다.

그러나 실제로는 얼마 전에 열린 교내 토너먼트 대회 때 교사들이 보인 한심함에 대현자가 분개해, 『근성을 바로잡기 위한 합숙』이었다.

대현자가 개인적으로 소유하고 있다는 무인도로 끌려가 그곳에서 드래곤보다 훨씬 강한 영수와 싸우거나 대현자에게 사흘 내도록 쫓기며 일방적으로 두들겨 맞는 지옥 같은 일주일이었다.

그러나 덕분에 마법학과 교사들은 강해졌다. 그런 기분이 들었다.

적어도 에밀리아는 그렇게 생각했다.

하지만 너무나도 힘든 날들이었기에 교사들은 자유의 몸이 된 뒤 한동안 일어나지 못했다.

전원이 집으로 돌아가서 며칠 동안 앓아누웠다.

여름방학이 끝나기 전에 이렇게 몸이 회복돼서 정말로 다행이었다.

"여름방학이 일주일 남았네. 뭘 하며 보내지."

에밀리아는 교무실 책상에 턱을 괴면서 불쑥 중얼거렸다.

여름방학이라고는 해도 교무실을 비워두는 것은 문제가 있어서 교대로 지키고 있었다.

오늘은 에밀리아가 당번이고 그게 끝나면 자유다.

이 길드레아 모험가 학교에도 육상부나 미술부 같은 부 활동이 있어, 그 고문을 맡은 교사들은 여름방학에도 바쁜 모양이지만 에밀리아는 다행히 고문을 맡고 있지 않았다.

현역 모험가 시절로 돌아가도 좋고 그냥 마구 놀아도 된다.

게다가 에밀리아는 아직 23살이다.

연애 같은 것도 해보고 싶다.

"어디 괜찮은 남자 없나⋯⋯."

그런 생각을 하고 있는데, 직원실 문을 똑똑똑 두드리는 소리가 났다.

"설마 왕자님⋯⋯?!"

망상에 빠져 있던 에밀리아는 평소라면 있을 수 없는 생각에 치달았다.

그러나 노크 뒤에 나타난 사람을 보고 현실로 돌아와야 했다.

"마법학과 1학년 로라 에드몬즈예요!"

귀여운 목소리로 이름을 밝힌 소녀는 대단한 인물이 아니다.

에밀리아 학생이다.

"뭐야⋯⋯ 로라였어⋯⋯ 하아⋯⋯."

"왜 제 얼굴을 보고 한숨을 쉬세요?!"

"아, 아니, 미안해. 로라 때문이 아니야."

차마 운명의 왕자님이라는 부끄러운 망상을 하고 있었다고는 말하지 못하고 적당히 둘러댔다.

로라는 「흐음」 하고 언짢은 듯 뺨을 부풀렸지만 더는 캐묻지 않았다.

그런 로라의 뒤에서 샬롯과 안나가 나타났다.

이 셋은 언제나의 삼총사다.

"로라, 아버지와 대화가 잘 풀린 모양이네!"

"네! 덕분에 자퇴는 없던 일이 됐어요!"

로라는 싱글벙글 웃으며 답했다.

정말 사랑스럽다.

로라가 학교를 그만두지 않는다는 것을 듣고 에밀리아도 기뻐졌다.

"후후후. 우리가 같이 갔으니 당연해요."

"로라 아버지가 제자로 받아줬어. 무척 유익한 시간이었어."

샬롯과 안나도 만족스러운 표정을 지었다.

실제로 반가운 얘기다. 거기에 다른 의견은 없다.

그러나 성적 우수자인 동시에 최고의 문제아인 삼총사 앞에서 에밀리아는 살짝 긴장했다.

귀중한 여름방학이다.

에밀리아는 별 탈 없이 보내고 싶었다.

그러므로 교무실에 문제를 가지고 들어오지 않기를 바랐다.

그러나 로라는 정체불명의 물체를, 정말로 가지고 들어왔다.

"그런데 에밀리아 선생님. 돌아오는 길에 메젤 강을 둥둥 떠내려가는 이 알을 주웠어요. 혹시 무슨 알인지 아세요?"

로라는 에밀리아의 책상 위에 그것을 조심스레 내려놓았다.

색깔은 옅은 크림색과 하늘색에 모양은 줄무늬 모양. 크기는 사람의 머리보다 크다.

보자마자 불길한 예감이 들었다.

"메젤 강을 떠내려왔어? 그러고 보니 어제 산 쪽에 큰 비가 와서 물이 불어났다는 소리를 들었어. 산에서 떠내려온 거려나?"

에밀리아는 알을 안아 올렸다.

그 순간, 알 속에서 꿈틀거리는 기척을 느꼈다.

"……혹시 부화하기 직전인가?"

"으음……. 전혀 모르겠지만 학교 선생님한테 물어보면 아실까 해서요. 에밀리아 선생님이 계셔서 다행이에요!"

로라는 천진난만하게 웃었다.

그러나 에밀리아는 조금도 기쁘지 않았다.

어째서 자기가 당번인 날에 이런 수상한 알을 들고 온 걸까.

지금 당장 제자리에 던져놓고 오라고 하고 싶었다.

그러나 이 알이 터무니없는 괴물의 알이고, 이것을 버리면 더 큰 피해가 일어날 가능성도 있었다.

그렇다. 로라 일동은 대재해를 미리 막은 건지도 모른다.

그 수고를 헛되이 할 수는 없었다.

"크기로 따지면 드래곤의 알이라고 해도 믿겠어. 하지만 드래곤의 알은 이런 이상한 무늬가 아니었어. 와이번이나 리바이어던 같은 아종의 알까지 전부 아는 건 아니지만…… 이런 독특한 색이라면 기억하고 있었을 거야."

"에밀리아 선생님도 모르는 게 있는 거네요."

로라는 어쩐지 뜻밖이라는 듯이 중얼거렸다.

"당연하지. 뭐든 다 아는 사람은 없어……. 아, 그래도, 모르는 게 없을 것 같은 사람이라면 떠오르는 사람이 있네."

그러자 샬롯이 눈을 깜빡거리며 고개를 갸웃했다.

"이 학교에 학자 타입의 선생님이 계셨어요? 실례지만 전투에 특화된 분들만 있다고 생각했어요."

"으음…… 사실이 그렇지만. 왜, 딱 한명, 대단한 선생님이 있잖아. 잊었어?"

에밀리아는 수수께끼를 내듯이 말했다.

그러자 삼총사는 아리송하다는 듯이 서로 얼굴을 마주 봤다.

그런 사람이 있었나 하는 표정이었다.

그럴 수밖에 없었다. 그 사람은 학생들 앞에 좀처럼 나타나는 일이 없고 그 지식을 보여줄 기회도 적다.

그러나 그 사람은 적성치 측정 장치를 만들고 학교에서 사용하는 교과서를 집필하며 두뇌적인 측면에서도 실적을 남겼다.

전투적인 측면이 지나치게 부각되어 기억에서 지워져 있을 뿐이다.

이 학교의 학장, 대현자 칼로테 길드레아.

그게 이 수수께끼의 해답이다.

※

에밀리아가 말하길, 대현자는 지금 한창 낮잠을 자는 중이라고 했다.

그러고 보니 처음 만났을 때도 대현자는 낮잠을 자고 있었다.

설마 깨어 있는 시간이 더 짧은 게 아닐까 하는 의문이 로라의 마음속에 피어올랐다.

"그래서 학장님은 어디서 낮잠을 주무시고 계세요?"

"학장실 옆에 있는 학장 전용 수면실이야."

"엣. 그런 방이 있었어요? 오직 학장님이 자기 위한 방이 있는 거예요?"

"그게…… 있어."

상당히 웃긴 얘기지만 대현자의 공적을 생각하면 낮잠용 방이 한두 개쯤 있는 것은 용납될지도 모른다.

"학장실 앞을 몇 번 지나갔었지만 수면실 같은 건 본 적도 없어요."

"나도 몰랐어."

샬롯과 안나가 의문을 입 밖에 냈다.

"당연해. 복도로는 들어가지 못하게 되어 있으니까. 학장실에서 바로 통하는 문밖에 없어. 게다가 그 문에는 강력한 결계가 쳐져 있어서 나도 열 수가 없어."

"에밀리아 선생님도 열 수 없는 결계…… 대체 왜 수면실에 그런 장치를……?"

로라는 대답을 반쯤 예상하면서도 묻지 않을 수 없었다.

"그야 물론…… 누구에게도 낮잠을 방해받지 않기 위해서겠지."

"역시 그거군요……."

로라가 질린 듯이 말하자 에밀리아는 어깨를 움츠리며 쓴웃음을 지었다.

"괜찮아. 학장님이 없어도 학교 운영에는 지장이 없도록 되어 있으니까. 오히려 학장님이 나오면 항상 무리한 일을 시키니까, 그 사람은 낮잠을 자고 있는 게 딱 좋아."

"네……."

긁어 부스럼 만들지 말라는 걸까.

대현자쯤 되면 이미 그런 취급을 받는 모양이다.

"학장님이 일어나면 이 알을 보여드리자. 그리고 로라가 자퇴하지 않는다는 것도 알려드려야지."

"으음…… 언제 일어나시는데요?"

"글쎄. 그 사람은 사흘 정도는 내리 자기도 하니까……."

"사흘……."

로라도 따뜻한 이불을 덮고 푹 자는 건 좋아하지만 그렇다고 사흘씩이나 자고 싶다고는 생각하지 않는다.

대현자가 하는 짓은 보통 사람의 이해를 뛰어넘었다.

그러나 그렇게 기다리다가는 이 알이 부화할지도 모른다.

애당초 관찰 일기 때문에 주워왔으니 부화하는 것은 대환영이다.

그러나 어떤 생물인지 미리 알아두지 않으면 굶어죽게 할 가능성이 있다.

그렇다면…….

"로라. 이럴 때는 정면 돌파예요. 수면실의 결계를 부숴버려요!"

"역시 샬롯! 나도 똑같은 생각을 하고 있었어요! 그럼 학장실로 가요!"

로라는 알을 안고서 샬롯과 함께 학장실로 달려갔다.

비싸 보이는 책상과 그림이 있는 방이다.

이전에 왔을 때는 신경도 쓰지 않았지만 확실히 복도와 면하지 않은 문이 있었다.

문에는 『낮잠 중. 열 수 있으면 열어보시오』라고 적힌 팻말이 걸려 있었다.

"이게 수면실 문이네요. 대현자의 결계. 어느 정도인지 시험해볼게요!"

샬롯은 문손잡이를 잡고 근력 강화 마법을 발동시켜 있는 힘껏 비틀었다.

그리고 밀었다! 밀어도 열리지 않아서 당겼다! 그래도 문은 열리지 않았다!

"윽…… 그럼 결계 술식을 해석해서 분해를……!"

그렇게 중얼거린 샬롯은 문에 손바닥을 대고 눈을 감았다.

설치형 마법은 특수 마법에 속하는 고등 기술이지만 그다지 드문 기술은 아니다.

나라의 주요 거점이나 범죄 조직의 은신처 따위에 가면 침입자를 제거하기 위한 다양한 설치형 마법이 걸려 있는 모양이다.

이 결계처럼 문을 견고히 걸어 닫는 마법.

올바른 순서를 밟지 않고 발을 들이면 폭발하는 마법.

곧장 나아갔다고 생각했는데 어느샌가 같은 장소를 빙빙 맴돌고 마는 마법.

그런 설치형 마법을 찾아서 해제하는 것도 마법사의 중요한 일이다.

다만 해제는 설치보다 더 고도의 기술이다.

하물며 이것은 대현자가 자신의 숙면을 위해서 구축한 결계다.

샬롯이 깰 수 있을 리 없다.

그래도 샬롯은 포기하지 않고 얼마간 끈질기게 시도했다.

그런 와중에 에밀리아와 안나도 학장실에 도착했다.

모두가 지켜보는 가운데 샬롯은 5분 정도 애썼다.

그러나.

"하아…… 하아…… 정말 복잡한 결계예요! 분해요! 분해요!"

결국 포기하고 바닥에 주저앉았다.

온몸은 땀투성이에 얼굴은 새빨개져 있었다. 지혜열이 나온 건지도 모른다.

"당연한 거야. 마법학과 선생님들 중에도 깬 사람이 없으니까."

에밀리아가 자못 당연하다는 얼굴로 말했다.

그러자 이번에는 안나가 검을 꽉 쥐고 문 앞에 섰다.

"마법이 안 통한다면 힘으로 부술게. 내 수행의 성과를 보여줄 때야."

안나는 여름방학 동안 로라 아버지에게 검을 배웠다.

본인은 제법 손맛을 느꼈는지 표정에는 자신감이 흘러넘쳤다.

그 자신감을 칼날에 담아, 문에 혼신의 참격을 날렸다.

귀를 찢는 폭발음이 울려 퍼졌다.

마치 포탄이 성벽을 때린 것 같은 소음이다.

그것은 안나의 무시무시한 일격을 말해주었다.

그러나 문에는 흠집 하나 생기지 않았다.

그리고 안나는 검을 놓치고 말았다.

"파, 팔이 저려……."

이내 휘청거리더니 사이좋게 샬롯 옆에 주저앉았다.

마법도 참격도 통하지 않는 문.

무슨 일이 있어도 낮잠을 자겠다는 대현자의 강한 의지가 느껴졌다.

그러나 로라는 그 의지를 꺾어주마 하고 콧김을 내뿜었다.

"다음은 내 차례예요! 에밀리아 선생님, 잠시 알을 맡아주세요!"

"으응, 그런데…… 아무리 로라라도 힘들 거야…… 아니지. 로라라면 가능하려나?"

에밀리아는 알을 안아들면서 흥미진진하게 중얼거렸다.

대현자의 낮잠 VS 로라의 자유 연구가 지금 시작한다!

과연 승자는 누구일까……!

※

열 수 있으면 열어보시오.

수면실 문에는 그런 도발적인 말이 적혀 있었다.

굳이 써놓은 이상, 문을 부순다 해도 대현자는 뭐라고 하지 않을 것이다.

하지만 차서 부수는 건 여성스럽지가 못하다.

로라도 일단은 소녀이니 여기서는 조신하게 결계를 풀어나가도록 하자.

"먼저 분석할게요."

조금 전 샬롯이 했던 것처럼 문에 손을 대고 눈을 감았다.

자신의 마력을 문에 흘려 넣어 그곳에 새겨진 술식을 읽어냈다.

그러자 복잡기괴한 마법진이 머릿속에 떠올랐다.

"우우……."

로라는 저도 모르게 신음을 흘렸다.

그것은 교과서에 실려 있는 그 어떤 마법진보다 정교하고 군더더기가 없었다.

예술이라고 해도 좋을 것이 이 문에 새겨져 있다.

자세히 보면 이중 삼중으로 된 마법진이 저마다에게 영향을 끼치고 있었다.

다시 말해 평면이 아니라 입체 마법진이다.

이 시점에서 로라는 포기하고 싶어졌다.

그러나 이것은 대현자가 보낸 도전장이다.

열 수 있으면 열어보시오라는 메시지를 다시 쳐다봤다.

"열어줄게요!"

로라는 다시 눈을 감고 마법진에 마력을 흘려 넣었다.

어떤 무늬가 어떤 효과를 내고 어느 부분과 연동되어 있는지.

모두 분석해서 하나씩 풀어나갔다.

정신이 아득해질 듯한 작업이지만 로라는 스스로도 놀랄 말한 집중력으로 퍼즐을 풀어나갔다.

이것이 마법 적성치 전체 9999라는 것이리라.

세계가 점점 넓어져가는 느낌이 들었다.

"풀었다!"

손잡이가 짤깍 돌아갔다.

"말도 안 돼. 이렇게 빨리?!"

"왠지 모르게 예상하고 있었지만 분해요! 질투 나요!"

에밀리아와 샬롯이 뒤집어진 목소리로 외쳤다.

"이미 맞설 마음도 안 들어."

한편 안나는 체념한 투로 말했다.

어느 쪽이든 로라는 칭찬받은 거다.

후후후, 하고 자랑스레 웃으며 문을 열었다.

그 순간.

문 안쪽에서 방대한 마력이 흘러나왔다.

로라는 마치 홍수에 휩쓸린 것처럼 반대쪽 벽까지 떠밀려 날아갔다.

"로라! 무슨 일이에요?!"

"갑자기 로라가 당구공처럼 됐어."

"괜찮아? 머리부터 들이밀었는데……."

바닥에 나동그라진 로라에게 세 사람이 걱정스러운 듯이 다가왔다.

"괘, 괜찮아요……. 문을 연 순간 이상한 힘에 의해 튕겨 날아갔어요……."

로라는 머리를 문지르면서 일어났다.

가까스로 방어 마법이 통해서 다치는 것은 피했다.

그렇다 해도 문 안쪽에 이런 덫이 있을 줄은 몰랐다.

대현자는 정말로 낮잠을 방해받기 싫은 모양이다.

"어라? 문 안쪽은 복도로 되어 있어요."

"정말이네. 나도 처음 봤어."

샬롯과 에밀리아가 말한 것처럼 문 건너편은 방이 아니라 짧은 복도였다.

그 막다른 곳에 또 문이 있다.

그 문을 열면 그곳이 바로 수면실일까.

"앞으로 가려고 하면 뒤로 밀려나."

안나는 복도를 나아가려 했지만 스스슥 뒤로 밀려났다.

그래도 억지로 앞으로 나아가자 로라와 마찬가지로 반대편 벽까지 휙 날아갔다.

부웅 날아갔다가 다시 파고들고 다시 부웅 날아갔다.

"날아간다는 걸 아니까 낙법이 돼. 재밌어졌어."

안나는 학장실을 붕붕 날아다녔다.

과연. 확실히 즐거워 보였다.

"그럼 나도 한 번 부웅……."

"같이 날자."

로라와 안나는 손을 맞잡고 동시에 복도를 돌진하려고 했다.

그러나 그 순간, 샬롯이 성난 목소리로 외쳤다.

"두 사람! 목적을 잊으면 안 돼요! 자유 연구를 위해서 알의 정체를 알아보기로 한 거잖아요?!"

"앗, 그랬어요!"

"너무 재밌어서 그만."

어쩌면 이것은 침입자의 목적을 딴 데로 돌리기 위한 정신적인 덫일까.

무시무시한 대현자다.

한순간도 방심할 수 없다.

"자유 연구? 여름방학은 일주일밖에 안 남았는데? 조금 늦은 거 아니니?"

에밀리아의 무심한 지적에 모두 식은땀을 흘렸다.

그 모습을 본 에밀리아가 슬쩍 눈을 가늘게 떴다.

"……너희들, 설마 여름방학 숙제를 안 했다고 하는 건 아니겠지?"

"그, 그그그, 그럴 리가 없잖아요! 제대로 했어요. 남은 건 자유연구뿐이에요. 그렇죠? 샬롯, 안나."

"무, 물론이에요! 이 샬롯 가자드가 여름방학 숙제를 잊어버리다니. 그건 있을 수 없는 일이에요!"

"순조롭게 진행되고 있어. 괜찮아, 괜찮아……."

로라 일동은 필사적으로 둘러댔다.

목소리도 떨리고 몸도 떨렸지만 분명 잘 얼버무렸을 터다.

설사 들켰다 해도 어쨌든 여름방학이 끝나기 전까지만 하면 된다.

"흐음…… 뭐, 지금은 더 이상 추궁하지 않겠지만 여름방학이 끝나기 전에 다 하지 못하면 어떻게 되는지는 알겠지?"

"……어, 엉덩이를 맞나요?"

"뭐? 그런 걸로 끝날 거라고 생각해?"

에밀리아는 들어본 적 없는 낮은 음성으로 말했다.

"히익!"

참지 못하고 로라가 비명을 내질렀다.

그리고 에밀리아에게서 도망치듯이 수면실로 달려갔다.

이쪽을 튕겨내려는 압력에는 근력 강화 마법으로 맞섰다.

나아갈수록 압력도 강해졌지만 더욱 방대한 마력으로 밀고 나아갔다.

그 기세 그대로 두 번째 문에 몸을 부딪쳤다.

이제 결계를 분석하는 일은 귀찮았다.

힘으로 돌파했다.

쿵 소리와 함께 결계가 깨지고, 동시에 문의 잠금쇠도 부서졌다.

로라는 마침내 복도를 주파하는 데 성공했다.

도착한 곳은 작은 방이었다.

그러나 죽 늘어선 책장은 무척이나 크고 책이 몇 백 권이나 꽂혀 있었다.

더욱이 바닥에도 책이 비좁게 쌓여 있고 몇 권인가는 읽다 만 것인지 펼쳐진 채였다.

그런 방의 중앙에는 커튼이 달린 침대가 놓여 있었다.

늘어뜨려진 얇은 커튼 안쪽에 자그마한 그림자가 누워 있는 것이 보였다.

은백색 머리칼을 늘어뜨린 아름다운 여성이다.

찾던 인물을 발견한 로라는 그 낮잠을 중단시키기 위해 침대로 올라갔다.

그러고는 그 여성의 어깨를 흔들면서 외쳤다.

"학장님, 일어나세요. 일어나세요!!"

대현자가 어렴풋이 눈을 떴다.

"으, 으음…… 로라……? 어째서 여길? 아버지하고는 잘 얘기했니?"

"네! 2학기에도 잘 부탁드려요!"

"어머나. 잘됐구나. 다행이다. 그럼 잘 자렴…….”

"네, 안녕히 주무세요…… 앗, 아니에요! 일어나세요!"

※

로라는 대현자의 귓가에 「일어나! 일어나!」 하고 외쳤다.

그것이 효과가 있었는지 대현자는 벌떡 일어났다.

"이제야 일어나셨네요. 저기, 학장님, 좀 봐주셨으면 하는 게…… 앗, 에엣?!"

잠이 덜 깬 눈을 한 대현자가 난데없이 로라를 와락 껴안았다.

그러고는 그대로 이불 속으로 끌어당겨 뺨을 비비기 시작했다.

"아아…… 생각했던 대로 로라는 포옹 베개로 딱이네. 너에게 「성스러운 포옹 베개」라는 칭호를 줄게."

"그런 건 필요 없어요! 뭐예요! 그 이상한 칭호는! 창피해요! 정말, 도대체 언제 일어나실 거예요!"

"왜 일어나야 하는데? 여긴 수면실이야. 로라는 제 발로 여기에 들어온 거니까 내 포옹 베개가 되고 싶은 거잖아?"

"그런 이치는 안 통해요! 장난치고 있을 때가 아니에요. 조금 전에 메젤 강에서 이상한 알을 주워왔는데, 학장님이 무슨 알인지 감정해주셨으면 해요."

"이상한 알……?"

그제야 대현자는 이야기에 흥미를 보였다.

상반신을 일으키고 크게 하품한 뒤 기지개를 켰다.

"내 낮잠을 방해할 이유가 될 만큼 이상한 알이야?"

"네. 그러니까, 색깔은 크림색과 하늘색에 줄무늬가 있고, 크기는 제 머리 두 배 정도예요."

그렇게 설명하면서, 로라는 손으로 알의 모양을 표현했다.

그러자 잠이 덜 깬 표정이던 대현자가 갑자기 진지해지더니 턱에 손을 붙이고 생각에 잠겼다.

"……그 알, 지금 학교에 있는 거지?"

"네. 학장실에서 에밀리아 선생님이 가지고 있어요."

"우선 실물을 볼까."

대현자는 침대에서 기어 나와 학장실로 향했다.

로라도 폴짝 뛰어내려 그 옆에 섰다.

"그건 그렇고, 로라. 용케 수면실에 도착했네. 힘들었지?"

"네. 그래도 열심히 했어요!"

"열심히 하는 것만으로 그 결계를 부수다니. 앞날이 무서운 애구나."

대현자는 어쩐지 신이 나서 로라의 머리를 쓰다듬었다.

아무래도 칭찬인 것 같았다. 로라는 기분이 좋아져서 헤벌쭉 웃었다.

"아, 학장님. 안녕하세요. 꼬박 하루를 주무셨네요."

에밀리아는 질린 투로 말했다.

뒤이어 샬롯과 안나도 「안녕하세요」라고 인사했다.

"그래, 좋은 아침! 좀 더 자도 좋았지만 로라가 주워왔다는 알이 궁금해서 말이야. 잠시 이리 줘봐."

대현자는 에밀리아에게서 알을 건네받아, 빙글빙글 돌리며 관찰했다.

"드래곤의 알……? 그렇다고 하기에는 좀 다른가. 색이 지나치게 화려한 데다, 속에서 신성한 낌새가 희미하게 느껴져."

"신성한 낌새?"

로라는 영문을 알 수 없어 고개를 갸웃했다.

로라뿐만 아니라 대현자를 제외한 모두가 의아한 표정을 지었다.

"그래. 모르는 것도 당연하지. 신의 낌새는 보통은 모르는 거니까. 이건 아마도 신수의 알일 거야."

신수(神獸).

대현자는 아무렇지 않게 말했지만, 그게 사실이라면 큰일이다.

어쨌든 신수란 말 그대로 짐승의 모습을 한 신이므로.

신에도 여러 종류가 있다.

예를 들면 이 세계를 창조한 최고신.

그 최고신이 만든, 지상을 수호하는 토착신.

그리고 이 세계를 파괴하려는 마신들—.

마신들은 지상에 서식하는 생물의 부정적인 감정으로부터 태어
난다.

「죽고 싶다」거나 「이 따위 세계, 망해버려」 같은 종류가 그것이다.

살아 있는 한, 부정적인 감정과는 무관할 수 없다.

그래서 마신은 반드시 생긴다.

백삼십 년 전, 대현자는 그런 식으로 발생한 마신을 무찌르고
이 나라를 구했다.

그래서 그녀는 영웅이었다.

"신수는 토착신이야. 최고신에 비하면 격은 떨어지지만 신자들
에게는 소중한 존재야."

대현자가 그렇게 말했지만 그 정도는 로라도 알았다.

수업에서 배울 것도 없이 일반 상식의 범주다.

"그, 그래요. 신이에요! 어째서 그런 굉장한 존재의 알이 강에 둥둥 떠다닌 거예요?! 그보다, 주워와도 됐던 걸까요?!"

"천벌을 받는 건 싫어요!"

"공물을 바치는 편이……."

로라, 샬롯, 안나는 상대가 신수라는 것을 알고 쩔쩔맸다.

교사인 에밀리아도 스스슥 벽으로 도망쳤다.

그러나 대현자만은 초연한 모습으로 「괜찮아, 괜찮아」 하며 웃었다.

"메젤 강을 떠내려온 거잖아? 그런 거면 상류에 있는 수인 마을에서 온 걸 거야. 거기 주민들하고는 잘 아는 사이니까 내일이라도 돌려주고 올게. 너희들이 주워오지 않았으면 그대로 바다까지 떠내려가서 행방불명됐을 거야. 잘했어. 잘했어."

그제야 모두 가슴을 쓸어내렸다.

그러나 아무리 그래도 신수의 알이라는 건 놀라웠다.

"내일 돌려주면 자유 연구 과제로는 못 쓰겠네요……."

"어머나, 호화로운 자유 연구를 할 생각이었네. 하지만 신수의 알이라면 스케치하는 것만으로도 훌륭한 자유 연구가 되지 않을까? 안 그래? 에밀리아?"

"네…… 확실히 신수의 알은 몇 백 년에 한 번밖에 태어나지 않으니까요. 제대로 그려낸다면 자유 연구로 인정해도 좋겠죠."

에밀리아의 말에 로라와 샬롯, 안나는 「와아!」 하고 얼굴을 마주 봤다.

이로써 숙제 하나가 해결된 것이나 다름없다.

"그럼 기숙사에서 그리게 알을 빌려주세요."

"그래. 깨지 않게 조심하렴."

로라는 대현자에게서 알을 건네받았다.

조금 전까지는 당연하게 안고 다녔지만 신수의 알이라고 생각하니 갑자기 긴장이 됐다.

조심조심 기숙사까지 안고 가자고 생각한 순간―.

알 속의 생명이 버둥거리더니 알 표면이 갈라지고, 희고 작은 드래곤이 빼꼼 얼굴을 내밀었다.

"삐―."

아무래도 『알』을 수인 마을에 가지고 가는 것은 불가능해보였다.

※

드래곤은 최강의 몬스터다.

그럼 애당초 몬스터란 무엇인가.

모험가 길드에서도 그 단어를 모호하게 사용하고 있지만 사전에는 확실히 그 정의가 실려 있다.

몬스터는 고대 문명이 만들어낸 생물병기다 라고.

수천 년 전, 이 지상에는 지금보다 훨씬 뛰어난 문명이 있었다고 전해진다.

그 의견을 뒷받침하듯 세계 각지에 고대 문명의 유적이 잠들어 있다.

그곳에서 발굴되는 마도병기는 현재의 기술로는 결코 재현할 수 없다.

그런 강력한 병기로 고대인들이 했던 것은 아무래도 전쟁이었던 모양이다.

여러 나라로 갈려져서 이권이니 체면이니를 둘러싸고 죽고 죽였다.

뭐, 지금과 별반 다르지 않다.

그런 고대 문명의 병기 중에서도 몬스터는 단연 우수한 병기였다.

어쨌든 생물이기에 저절로 번식을 했다.

적국으로 내보내면 논과 밭을 짓밟고 인간을 잡아먹었다.

그 우수함이 지나쳐서 고대 문명이 멸망한 후에도 인간을 성가시게 하고 있다.

고대 문명이 남긴 성가신 유산^(몬스터)을 내쫓고, 인간들의 삶에 평화를 가져오는 것이 모험가의 주된 일이 되었다.

그러나 모험가 길드는 몬스터가 아닌 천연 동물까지 몬스터로 취급해 토벌 의뢰를 하는 일이 있었다.

학자들 사이에서도 무엇이 고대 문명이 만든 몬스터이고 무엇이 원래부터 있던 동물인지에 대해서 아직까지 의견이 분분하다.

그러나 드래곤이 고대 문명의 유산인 것은 분명하다.

유적에 그런 기록이 몇 개나 남아 있으므로.

「우리는 이렇게 강한 몬스터를 만들었다고」라고 고대인이 자랑하는 것 같다는 농담을 했던 고고학자가 있을 정도다.

그 최강의 몬스터가 로라가 안은 알을 깨고 쑥 머리를 내밀었다.

"으아앗, 드래곤! 신수가 아니라 흰 드래곤이에요!"

"진정해, 로라. 드래곤을 닮긴 했지만 그건 몬스터가 아니야. 마젤 강 상류에 살고 있는 신수는 흰 드래곤처럼 생겼어. 내가 봤었어. 안심해."

대현자가 말했다.

"그런 건가요…… 아, 듣고 보니 수업 시간에 배운 것 같기도…… 안심했어요!"

만약 몬스터였다면 퇴치해야 한다.

아무리 인간에게 해를 끼친다 해도 차마 갓 태어난 새끼를 죽일 수는 없다.

"……신수라는 건, 최고신이 지상에 보낸 존재였었죠?"

"응, 맞아."

샬롯의 질문에 대현자가 답했다.

"그 신수와 고대 문명이 만든 몬스터가 어째서 닮은 거예요?"

"예리한 질문이야, 샬롯. 아무리 나라도 고대 문명 시절부터 살았던 건 아니니까 억측에 불과하지만…… 신수는 고대 이전부터 있었던 모양이니까, 그 모습을 본떠서 드래곤을 만든 게 아닐까?"

"아, 그렇군요! 그러면 앞뒤가 맞아요."

대현자의 억측이 진실이라면 로라의 품 안에서 「삐—」 하고 울고 있는 하얀 신수는 드래곤의 원형이다.

여름방학의 자유 연구를 논할 때가 아니다.

논문 한 개를 쓸 수 있을 것 같다.

……로라의 머리로는 불가능하지만.

"아무리 그래도…… 귀여워요."

"삐—."

신수는 기운 좋게 울며 알에서 기어 나와 로라의 팔을 기어올랐다. 그러고는 머리 위까지 도달하자 웃챠, 라는 느낌으로 주저앉았다.

새끼 고양이 정도의 크기라서 나름대로 무게가 느껴졌다.

"어? 절 따르는 걸까요?"

"삐!"

머리 위에서 만족스러운 울음소리가 들렸다.

© 2017 Riichu

아무래도 로라의 머리가 마음에 든 모양이다.

"……따른다기보다…… 어쩌면 로라를 어미라고 생각하나?"

대현자는 신수를 수상한 눈으로 쳐다봤다.

"엣, 로라가 엄마예요?"

"아홉 살이 엄마가 되는 건 일러!"

샬롯과 안나가 놀라 외쳤다.

"내가 이 애의 엄마예요? 전혀 닮지 않았잖아요!"

"으음…… 각인 현상이라는 게 있어. 제일 처음 본 존재를 어미라고 믿는 거지. 조류에서는 흔한 얘기지만…… 설마 신수에도 각인 현상이 있다니."

제아무리 대현자라도 난처한 표정을 지었다.

"에밀리아. 로라의 머리에서 신수를 들어 올려봐."

에밀리아는 대현자가 말한 대로 신수를 휙 들어 올렸다.

그 순간, 신수는 「삐— 삐—!」 울부짖으며 에밀리아의 손을 뿌리치려고 버둥거렸다.

그러나 로라의 머리에 다시 올려놓자 금세 안정을 되찾고 얌전히 웅크리고 앉았다.

"……완전히 로라를 엄마라고 생각하고 있네요."

에밀리아가 중얼거렸다.

질린 건지 놀란 건지 잘 알 수 없는 목소리였다.

졸지에 신수 엄마의 담임이 되어 그녀도 당황한 것이리라.

"아무래도 그런 모양이네. 어쩌지. 로라한테서 떨어질 것 같지도 않고…… 이렇게 되면 수인 마을에 로라까지 데리고 가는 수밖에……."

"네엣?!"

대현자의 말에 로라는 크게 당황했다.

겨우 아버지를 설득해서 돌아왔는데 다른 이유로 학교를 떠나야 하는 걸까.

그것도 행선지가 수인 마을, 어떤 곳인지 전혀 모른다.

"그건 너무해요!"

"맞아요! 로라가 수인 마을에 가면 저도 갈래요!"

"당연히 농담이지! 내가 로라를 왜 보내겠어."

대현자는 손을 팔랑팔랑 흔들면서 말했다.

그제야 모두는 안도의 한숨을 내쉬었다.

"……그런데 학장님. 진짜 어쩌실 거예요? 이건 수인 마을의 신수잖아요. 아무리 로라를 엄마로 생각한다고 해도 함부로 학교에서 키울 수는…… 아니, 「신수를 키운다」는 건 아무래도 부담스럽달까……."

에밀리아는 현실적인 문제를 지적했다.

이 신수는 말하자면 분실물이다.

주인을 알고 있으니 돌려주는 게 도리다.

그러나 로라에게서 떨어지려 하지 않으니 돌려주려면 로라와 함께 보내야 한다.

그러나 로라는 학생이므로 학교에서 수업을 받을 권리와 의무가 있다.

"어려운 문제야. 우선 내가 수인들과 교섭할 테니까 당분간 로라가 그 신수를 돌보는 거야. 아, 참고로 그 신수의 이름은 하쿠야. 부탁해."

"맡겨주세요! 그럼 하쿠. 당분간 나랑 같이 사는 거예요! 잘 부탁해요!"

로라는 머리에서 하쿠를 내려 그 얼굴을 쳐다보면서 정식으로 인사했다.

"삐—."

말을 알아들은 건 아니겠지만 하쿠는 기분 좋게 울었다.

"로라와 같이 산다는 건 우리하고도 같이 사는 거네요."

샬롯은 손끝으로 하쿠의 머리를 쓰다듬었다.

그러자 하쿠는 눈을 감고 몹시 편안한 표정을 지었다.

샬롯을 받아들인 모양이다.

"부러워…… 나도 끼고 싶어……."

안나는 손가락을 물고 하쿠를 쳐다봤다.

"그러면 되잖아요. 안나도 우리 방에서 같이 자요. 셋이 누워도 침대는 여유로워요!"

"……그래도 돼?"

"당연하죠! 그렇죠? 샬롯!"

"…………안나라면 환영이에요."

"살짝 망설였어. 샬롯은 로라를 독점하고 싶은 거야?"

"아니에요! 세 사람과 한 마리가 한 방에 들어갈지 생각했던 것뿐이에요!"

샬롯은 필사적인 얼굴로 변명했다.

그렇게 애써 해명할 정도의 오해도 아닌 것 같지만.

"우린 셋 다 침대에 비해 몸집이 작으니까 괜찮아요!"

"알아요! 불만 같은 건 없어요! 내가 로라와 안나를 더블 포옹 베개로 삼을 거예요!"

맙소사. 그런 호화로운 계획을 짜느라 뜸을 들인 걸까.

"역시 샬롯. 굉장한 야심이에요!"

"후, 후후…… 가자드 가문 사람이라면 이 정도는 당연해요."

"잠깐. 난 얌전히 포옹 베개가 될 생각 없어. 오히려 내가 로라와 샬롯을 더블 포옹 베개로 삼을 거야."

"어머, 안나. 그건 도전장인가요? 그렇다면 도전에 응하겠어요!"

두 사람 사이에 파파팟 불꽃이 튀었다.

그 와중에 로라의 품안에서 잠든 하쿠가 새근새근 소리를 내기 시작했다.

작아도 신이다. 인간들의 싸움 따위는 안중에 없는 것이리라.

※

"후우…… 기숙사 목욕탕에 온 건 오랜만이지만 여전히 넓네요. 여름방학이라서 아무도 없으니 전세 낸 것 같고 좋아요!"

로라는 머리에 수건을 얹고 욕조에 잠겨 온몸의 힘을 뺐다.

양옆에는 샬롯과 안나가 있고 마찬가지로 느긋한 표정을 짓고 있다.

그리고 하쿠는 난생처음 목욕탕을 보고 흥분했는지 탕 속을 첨벙첨벙 기운 좋게 헤엄쳤다.

"전세를 낸 건 좋은데…… 어째서 대현자님까지 목욕탕에 있는 거예요?"

그렇게 의문을 입 밖에 낸 샬롯의 시선 끝에는 샴푸로 머리를 감는 은발 여성이 있었다.

틀림없이 대현자. 이 학교의 학장인 칼로테 길드레아다.

그런 위대한 인물이 어째서 학생 기숙사 목욕탕에서 머리를 감고 있을까……. 모든 건 신수 하쿠 때문이다.

"아무리 너희 셋이 우수하다고 해도 학생들에게만 신수를 맡길

수는 없어. 오늘 밤은 나도 학생 기숙사에 묵을 거야. 아까도 설명했잖니?"

"그건 분명 들었지만…… 설마 목욕까지 같이 할 줄은 몰랐어요."

"좋은 기회니까 너희하고 알몸으로 어울려볼까 하고 말이야."

그렇게 말한 대현자는 머리칼에 붙은 거품을 씻어낸 뒤 탕으로 들어왔다.

"아…… 넓은 욕탕은 정말 좋아. 매일 쓸 수 있는 너희가 부러워. 나도 학생이 될까."

"학장님이 학생이 되면 에밀리아 선생님이 불편할 거예요."

"후후, 그렇겠지? 그 애는 진지한 성격이니까. 스트레스 받아서 위에 구멍이 날지도 몰라."

어째선지 대현자는 신이 나서 말했다.

에밀리아의 위에 구멍을 내고 싶은 걸까.

"……학장님. 질문이 있어."

지금까지 잠자코 있던 안나가 수업 중인 것처럼 손을 들었다.

"응? 안나, 뭔데?"

"어떻게 하면 그렇게 가슴이 커져?"

안나는 대현자의 가슴을 지그시 쳐다보며 중얼거렸다.

뜻밖의 질문에 로라와 샬롯은 굳어버렸다.

그러나 당사자인 대현자는 당황한 기색도 없이 「안나, 엉큼해!」

라며 웃었다.

"그런 문제가 아니라 이건 진지한 얘기야. 난 이미 열세 살인데 도무지 커질 기미가 없어. 어떻게 하면 학장님처럼 탕에 뜰 정도로 큰 가슴이 될 수 있어?"

안나의 말대로 대현자의 가슴은 상당히 컸다.

옷을 입었을 때는 별로 눈에 띄지 않지만 이렇게 알몸으로 대면하니 싫어도 눈에 띈다.

지금은 탕에 떠 있어서 더욱 그렇다.

"어머, 세상에. 열세 살이면 이제 시작이야. 점점 커질 거야."

"정말?"

"그럼, 정말이지. 그리고 나한테 묻는 것보다 가까이에 큰 가슴을 가진 사람이 있잖아. 봐, 열네 살에 이 가슴이라니. 반칙 아니니?"

대현자는 그렇게 말하며 샬롯의 가슴에 손을 뻗었다.

"후아앗?!"

갑자기 가슴을 잡힌 샬롯이 이상한 소리를 냈다. 그러나 대현자는 아랑곳 않고 주물럭거렸다.

로라도 샬롯의 가슴은 크다고 생각했었다. 열네 살에 이 가슴은 굉장하다.

"지금까지는 분해서 묻지 않았지만 이렇게 된 거 물을게. 커지는 비법을 알려줘. 아니, 아예 나눠줘."

그러더니 안나도 샬롯의 가슴을 만지기 시작했다.

"꺄아아앗! 두 사람 다 무슨 짓이에요! 비법 같은 건 없어요! 저절로 이렇게 된 것뿐이에요!"

"……저절로? 그런 대답을 원한 게 아니야. 빨리 솔직히 털어놔."

"후후후. 빨리 털어놓는 게 편해지는 길이야."

"잠깐, 두 사람 다 그만하세요……! 로라, 보고 있지만 말고 도와주세요!"

샬롯은 로라에게 도움을 요청했다.

그 요청을 받아들인 로라는 샬롯의 뒤로 가서…… 두 사람과 같이 가슴을 만졌다.

"꺄아아! 로라, 무슨 짓이에요!"

"이 중에서 제일 작은 건 나예요. 다시 말해, 가슴이 커지는 비법을 가장 알고 싶은 건 나예요! 자, 샬롯, 순순히 비법을 실토해요!"

"그, 그러니까 비법 같은 건…… 아아, 안 돼요…… 누가 좀 도와줘요……."

샬롯은 가냘픈 목소리로 중얼거렸다.

그러나 이 목욕탕에 남은 건 하쿠뿐이다.

그리고 하쿠는 탕 속에서 헤엄치는 데 정신이 팔려 이쪽에는 전혀 관심이 없다.

신수 같은 고귀한 존재에게 인간의 가슴 따윈 아무래도 좋은 것이리라.

"자, 포기하세요. 샬롯!"

그 후. 십수 분에 걸쳐 심문이 이어졌다. 그러나 결국 샬롯은 비명만 내지를 뿐 아무것도 알려주지 않았다.

※

목욕을 끝낸 뒤 로라 일동은 탈의실에서 동물 잠옷으로 갈아입었다.

일찍이 이것과 같은 동물 잠옷을 입은 『인형탈 부대 파자마레인저』라는 수수께끼 삼인조가 리바이어던을 물리친 일이 있다.

무엇을 숨기랴. 그들의 정체는 로라 삼총사다. 이른바 『반 친구들한테는 비밀이야』다.

신기하게도 에밀리아에게는 정체를 들켰지만 그것은 분명 그녀가 뛰어난 추리력을 가졌기 때문이다.

그러니 대현자 앞에서 갈아입는다고 문제될 건 없다.

"아아아?! 학장님도 동물 잠옷이에요?!"

"짜자안~! 너희랑 맞추려고 아까 급하게 사왔어."

"와아. 엄청 빨라요!"

대현자가 입은 것은 상어 모양의 잠옷이었다.

어쩐지 상어한테 잡아먹힌 사람이 간신히 얼굴만 내밀고 있는 것처럼 보였다.

"크앙! 너희들을 잡아먹겠다~!"

"으아아! 육식 여성이예요! 모두 도망쳐요!"

"삐―."

"저건 정말 배가 고픈 눈이에요!"

"난 고양이라서 먹어봤자 맛없어. 토끼인 샬롯을 먹어야 해."

"안나?!"

모두들 대현자를 피해 우당탕 복도를 뛰어갔다. 그리고 너무 시끄럽게 하는 바람에 도중에 기숙사감에게 걸려 혼이 났다.

"너희들! 복도에서 뛰지 말라고 몇 번을 말해!"

기숙사감은 마흔 살 정도의 여성이다.

모험가와는 무관한 일반인이지만 그녀가 하는 설교는 묘하게 박력이 있었다.

그녀에게 혼이 나면 학생들은 모두 기가 죽어 조용해졌다.

"그래. 뛰지 말고 얌전히 내 먹이가 되렴."

대현자는 기숙사감 옆에 서서 우쭐한 얼굴로 말했다.

"당신이 제일 시끄러워요, 학장님! 어른이라는 분이 아이들과 한통속이 돼서…… 부끄럽지 않으세요?!"

"……죄송해요."

대현자라는 자가 평범한 중년 여성 앞에서 움츠러들었다.

한바탕 야단맞은 뒤 네 사람과 한 마리는 방으로 가 혼나지 않도록 얌전히 침대 속으로 들어갔다.

가장 중요한 손님인 하쿠는 이불 위에서 둥글게 몸을 말고 제일 먼저 잠들었다.

다행히 네 사람 모두 몸집이 작아서 침대가 좁게 느껴지는 일은 없었다.

가슴이 풍만한 사람이 두 명 정도 있었지만 그건 훌륭한 베개가 되므로 로라로서는 오히려 환영이었다.

※

대현자가 말하길 하쿠는 잡식이라서 뭐든 먹는다고 한다.

"그럼 오믈렛을 먹여요!"

로라는 식당으로 가는 내내 품에 안은 하쿠에게 오믈렛이 얼마나 훌륭한 음식인지를 이야기해줬다.

"로라는 진짜 오믈렛을 좋아하네요."

"매일 같은 걸 먹으면 영양소를 골고루 섭취하지 못 해."

샬롯과 안나가 질린 투로 말했다.

그 너무나도 아마추어 같은 의견에 로라는 맙소사 하고 어깨를 움츠렸다.

"두 사람은 아무것도 모르네요."

계란은 영양소가 듬뿍 들어 있고, 안에 들어가는 재료를 바꾸면 맛의 바리에이션도 무한대로 넓어진다.

이 학교 식당도 그걸 아는지 오믈렛의 재료는 매일 바뀐다.

로라는 하루 한 끼는 반드시 오믈렛을 먹고 그 맛의 변화를 일기에 썼다.

"하지만 로라. 실제로 오믈렛만 먹는 건 바람직하지 못 해. 채소를 좀 더 먹어야지."

대현자까지 오믈렛에 불만을 제기했다.

도대체 어느새 이 세계는 반 오믈렛 파로 넘쳐나게 된 걸까. 로라의 마음은 경악으로 물들었다.

"그렇게 놀란 얼굴 하지 마. 딱히 문화적 차이를 느낄 만한 말은 하지 않은 것 같은데?"

"하지만 학장님. 오믈렛에는 채소가 들어 있잖아요! 어제는 부추가 들어 있었어요!"

"그렇긴 하지만 양이 부족해. 무엇이든 골고루 먹지 않으면 크지 않아."

대현자는 그렇게 말하고는 로라의 머리를 쓰다듬었다.

크지 않는다. 그 단어에 로라는 격하게 반응했다.

"……채소를 먹으면 크나요? 학장님이나 어머니처럼 멋진 몸매가 될 수 있어요?"

"채소뿐만 아니라 고기, 생선, 달걀 뭐든 먹어. 그럼 클 수 있어."

"……알겠어요! 그럼 오늘은 오믈렛에 샐러드를 먹을래요!"

다른 요리를 곁들이는 건 오믈렛에 대한 배신처럼 느껴지지만 몸의 성장이 더 중요하다.

오믈렛한테는 미안하지만 다른 요리와 살짝 바람을 피우자.

"자, 잠깐만요! 로라는 크면 안 돼요! 지금 크기가 포옹 베개로 딱이에요!"

"맞아. 로라의 성장은 단호히 막겠어."

샬롯과 안나가 알 수 없는 말을 하기 시작했다.

"나는 포옹 베개가 아니에요!"

"어머. 말은 그렇게 하지만 밤에는 안아달라는 눈빛을 하잖아요."

"우우, 그건……."

확실히 로라는 샬롯에게 안겨서 자는 것이 좋았다.

그리고 샬롯은 로라를 안고 자는 것이 좋았다.

서로의 바람이 일치하니 상당히 유익한 관계라고 할 수 있었다. 그러나 그것 때문에 멋진 몸매를 포기해야 한다면…… 샬롯과의 밤 관계는 여기까지…… 아니다. 그것은 버릴 수 있는 게 아니다.

샬롯에게 꼭 안기는 시간은 이미 로라에게는 없어서는 안 될 시간이다.

"……알겠어요. 난 더 이상…… 크지 않을래요!"

로라는 비통한 결의를 품고 선언했다.

그러자 샬롯과 안나가 승리의 포즈를 취했다.

"세계의 평화를 지켰어요!"

"역시 로라의 성장을 저지하는 모임의 회장이야. 훌륭해."

그런 사악한 모임이 있는 줄은 몰랐다.

"뭘 어떻게 하든 조금은 클 것 같지만."

대현자가 옆에서 중얼거렸지만 샬롯과 안나의 귀에는 들리지 않은 모양이다.

두 사람은 굳은 악수를 나누고 승리의 여운에 잠겼다.

그리고 로라는 제대로 먹어서 크기로 생각을 고쳤다.

"삐—."

"아, 미안해요, 하쿠. 배고프죠? 이제 곧 식당이에요."

"삐!"

식당에는 언제나처럼 아주머니들이 일을 하고 있었다.

물론 여름방학이라서 평소보다 사람 수가 적었지만 이렇게 영업하는 것이 감사했다.

"오믈렛과 샐러드를 두 개씩 주세요!"

로라가 그렇게 주문하자 아주머니는 「그래!」 하고 기운 좋게 대답했다.

그러나 로라가 안고 있는 하쿠를 보고 「앗!」 하고 뒷걸음질 쳤다.

"새끼 드, 드래곤?! 뭐야, 그런 걸 학교에 데리고 오고. 불을 뿜는 건 아니겠지?"

당연한 반응이다. 어쨌든 최강의 몬스터로 칭송받는 드래곤이었다.

정확히는 드래곤을 닮은 신수지만 식당 아주머니에게 그걸 설명하는 것은 지극히 곤란하다.

어떻게 아주머니를 안심시킬지로 로라가 난처해하고 있자 대현자가 옆에서 도왔다.

"괜찮아요. 이 드래곤은 얌전하니까요. 내가 보증해요."

"학장님이 그렇게 말한다면…… 하하아, 자세히 보니 깜찍하게 생겼네."

"삐—."

대현자의 말은 식당 아주머니에게조차 영향력이 엄청났다.

하쿠는 자기가 화제의 중심에 오른 걸 아는지 모르는지 로라의 품에 편히 안겨 있었다.

로라는 무사히 두 사람 분량의 오믈렛과 샐러드를 손에 넣었다.

샬롯은 햄버그스테이크.

안나는 카레라이스.

대현자는 산처럼 듬뿍 쌓은 파스타다.

"하쿠. 오믈렛은 맛있어요? 맛있죠?"

"삐—."

하쿠는 식탁 위에 앉아, 앞발로 능숙하게 접시를 잡고 오믈렛을 오물오물 먹었다

그 표정은 무척 행복해 보였다. 적어도 로라에게는 그렇게 보였다. 오믈렛을 먹고 있으니 행복한 게 당연했다.

"로라, 하쿠 둘 다 입가에 케첩이 묻었어."

"내가 핥아…… 아니, 닦아줄게요."

샬롯이 냅킨으로 로라의 입을 닦아주었다.

"……샬롯한테 선수를 빼앗겼어. 할 수 없지. 난 하쿠의 입을 닦을래."

"두 사람 다 고마워요!"

"삐—."

이윽고 모두가 식사를 마치고 오늘 하루 무엇을 하며 놀지로 의논하기 시작했다.

의논에는 대현자까지 합세했다.

굉장한 하루가 될 거라며 로라가 기대를 부풀린 것도 잠시.

에밀리아가 찾아와 분위기에 찬물을 끼얹었다.

"잠깐, 거기 세 사람! 노는 걸 의논하는 것도 좋지만, 여름방학

숙제는 다 할 수 있는 거겠지?"

"""""아!"""""

싫은 것을 떠올린 로라 일동은 고개를 푹 떨구었다.

대현자는 「어머나, 세상에」 하며 웃었다.

일단 기숙사로 돌아가서 자유 연구 공책에 『신수가 좋아하는 음식은 오믈렛입니다』라고 쓰자.

※

"흐아아…… 더는 못 해요…… 어째서 이렇게 공부만 해야 하는 거예요…… 이런 건 인간의 삶이 아니에요…… 우우…… 크윽."

식당에서 에밀리아의 눈총을 받은 로라 일동은 기숙사 방에 틀어박혀 아침부터 줄곧 숙제와 씨름 중이었다.

여름방학 숙제는 원래 한 달에 걸쳐 마무리할 것을 예상하고 내진 것들이다. 하지만 다들 숙제 자체를 잊고 있었고 지금까지 아무것도 하지 않았다. 더구나 남은 시간은 채 일주일도 되지 않는다. 죽을 각오로 덤비지 않으면 끝낼 수 없다.

그런데도 로라는 첫날부터 비명을 내질렀다.

"로라, 힘내요! 모르는 게 있으면 알려줄게요!"

그렇게 말하는 샬롯은 숙제를 척척 해내고 있었다.

어쨌든 그녀는 명문 마법사 집안인 가자드 가문의 딸이었다.

입학하기 전부터 마법 지식이 풍부했기 때문에 이 정도 숙제는 쉬운 모양이었다.

"고마워요, 샬롯……. 하지만 난 이제 한계예요……."

"아아, 로라. 잠들면 안 돼요. 지금 잠들면 죽어요!"

"숙제를 못 했다고 죽지는 않아요……."

"안 돼요! 안 돼요!"

침대 위에 뻗은 로라의 뺨을 샬롯이 찰싹찰싹 때렸다.

그러나 로라에게는 일어날 힘이 없었다.

이렇게 쉬지 않고 공부한 건 난생처음이었다.

검을 계속 휘두르는 것이 훨씬 쉬웠다.

"나도 지쳤어. 무리하는 건 좋지 않아. 기분전환도 할 겸 목욕하러 가자."

안나는 공책을 탁 덮고 일어났다.

그 제안은 로라에게 구원의 목소리처럼 들렸다.

"가요, 가요! 목욕하고 나서 푹 자요!"

"가면 안 돼요! 하지만 휴식이 필요해 보이네요."

다같이 목욕탕에 가서 땀을 뺐다. 그리고 동물 잠옷으로 갈아입은 뒤 다시 숙제를 시작했다.

"빨리 인간다운 생활로 돌아가고 싶어요……."

"지금 우리는 동물이야. 인단다운 생활은 무리야."

안나가 진지한 얼굴로 말했다.

"동물 잠옷을 입은 것뿐이지 알맹이는 인간이에요…… 게다가 동물이라면 더더욱 공부 같은 건 안 하잖아요……."

"로라. 입이 아니라 손을 움직여요!"

"……샬롯은 너무 엄격해요. 싫어질 것 같아요."

"그런 말을…… 하지만 지금 숙제를 하지 않으면 에밀리아 선생님한테 혼나요! 난 독하게 마음먹고 로라를 다그칠 거예요!"

"남은 건 내일 해도 되잖아요. 봐요, 하쿠는 이미 잠들었어요……."

하얀 신수는 침대 위에서 몸을 말고 먼저 꿈나라로 여행을 떠난 뒤였다.

"오늘 치 분량을 끝내지 않으면 내일 더 힘들어져요! 절대로 못 자요!"

"샬롯이 뭐라고 하든 더는 못 참겠어요……."

시곗바늘은 밤 11시를 가리키고 있었다.

샬롯이나 안나는 괜찮을지 몰라도 아홉 살인 로라에게는 무척 늦은 시간이다.

이 이상 공부를 계속하는 건 물리적으로 불가능하다.

"안 돼요. 자겠다고 한다면 벌을 주겠어요. 자, 후우—."

"꺄아앗?!"

귀에 바람을 불어넣어진 로라는 비명을 내지르며 펄쩍 뛰었다.

막상 싸울 때는 무적이나 다름없는 로라지만, 평소에는 어째선지 약점이 많다.

구체적으로는 귀에 바람을 불어넣으면 힘이 쑥 빠진다. 그리고 목덜미와 등, 겨드랑이, 옆구리, 허벅지, 발바닥을 간질이면 맥을 못 춘다.

다시 말해 온몸이 약점이다.

"뭐해요. 안나도 로라 귀에 후— 해주세요. 난 오른쪽을 공격할 테니까 안나는 왼쪽을 맡아주세요."

"알았어."

그로부터 십수 분 후.

로라는 귀뿐만 아니라 온몸의 약점을 마구 공격당했다.

이미 로라의 잠을 방해해서 숙제를 하게 한다는 당초의 목적은 까맣게 잊고 샬롯과 안나 모두 명백히 즐기고 있었다.

"안 돼요, 거긴 안 돼요…… 앗, 꺄앗…… 용서해주세요. 숙제할 테니까 용서해주세요……."

"후후후, 못 믿겠어요. 로라는 좀 더 벌을 줘야 숙제할 거예요."

"나도 같은 생각이야. 침대로 이동해서 철저히 벌을 줘야 해."

"맞아요! 맞아요!"

그 후로 로라는 더욱 벌을 받았고, 문득 정신을 차리고 보니 아침이었다.

밖에서 참새가 짹짹 울고 있다.

어느덧 아침, 이었다.

"수, 숙제 진도가 하나도 안 나갔어요!"

잠에서 깬 샬롯이 절망으로 얼굴을 일그러뜨렸다.

"이건 심각해. 로라가 귀여운 목소리로 우리를 유혹한 게 잘못이야. 다시 벌이 필요한 건지도 몰라."

"무한 반복이 되니까 그만두세요!"

로라는 다시 덮쳐질 위기에 처했지만 그때, 하쿠가 잠에서 깨어나 「삐!」 하고 성가시다는 듯이 울었다.

숙면을 방해하는 것을 항의하는 목소리였다.

"봐요, 하쿠가 말했어요. 진지하게 숙제하는 게 좋다고요. 그러니까 내 귀에 바람을 불어넣거나 등에 손가락 글씨를 쓸 때가 아니에요! 더 이상의 땡땡이는 내가 용서치 않아요!"

"어제랑 입장이 완전히 바뀌었어요. 어째서죠?!"

"로라가 분노의 오라를 뿜고 있어…… 무서워."

그런 연유로 로라 일동은 세수를 한 뒤 숙제를 했다.

로라가 진지하게 숙제할 마음이 든 건 오직 벌을 받기 싫다는 생각 때문이다.

다시 말해, 귀에 바람을 불어넣은 것도, 허벅지와 발바닥을 간

질인 것도 엄청나게 효과가 있었다.

그러나 샬롯과 안나 모두 그걸 알아챈 기색은 없다.

로라로서도 그런 바보 같은 벌에 굴복해서 숙제할 마음이 들었다고 인정하는 건 싫었기에 입을 닫고 묵묵히 숙제를 했다.

끝맺기 알맞은 부분까지 숙제를 진행한 뒤 다 같이 식당에 가서 아침을 먹기로 했다.

동물 잠옷 차림으로 그것도 하쿠까지 데리고 있으니 몬스터 떼가 교내에 침입한 걸로 오해받을지도 모른다고 로라는 걱정했다.

그러나 그것은 기우였다.

오해는커녕 식당 아주머니는 「어머나, 귀여운 잠옷이네」 하며 칭찬해주었다.

"파자마레인저의 모습인데 곧바로 우리의 정체를 알아채다니…… 저 아주머니, 사실은 탐정일지도 몰라요……."

"그건 논리적이지가 않아."

안나의 냉정한 지적에 로라는 푹 고개를 떨구었다.

실제로 로라도 동물 잠옷은 정체를 숨기는 능력이 없다는 사실을 어렴풋이 눈치채고 있었다.

"뭐, 오늘도 오믈렛이 맛있으니 됐다고 치죠! 오믈렛이 맛있으면 인생이 풍성해져요."

"삐―."

하쿠가 동의해주었다. 태어난 지 얼마 안 됐는데도 오믈렛의 위대함을 깨닫다니. 상당히 장래가 밝은 신수다.

"자, 그럼…… 방으로 돌아가서 숙제를 마저 할까요?"

모두의 그릇이 빈 것을 확인하고 로라가 일어났다.

그러자 안나가 큰 한숨을 쉬었다.

"해도 해도 끝이 안 보여. 우울해."

"어머. 나는 내일이면 끝날 것 같아요."

"……부자는 이렇다니까."

"숙제랑 돈은 상관없어요!"

안나의 부조리한 한마디에 샬롯이 항의했다.

그러나 샬롯의 진도가 눈부신 건 사실이었다.

로라와 안나는 여름방학 안에 아슬아슬하게 끝낼 수 있을까 하는 상황인데 샬롯은 두 배 가까운 속도로 앞서가고 있었다.

종종 잊을 뻔하지만 샬롯은 실기뿐만 아니라 이론도 뛰어나다.

부럽지만 든든하다.

"샬롯, 혹시 여차하는 상황이 되면 가정교사가 되어주세요!"

"나도 부탁해."

"네! 좋아요!"

샬롯이 도와준다면 숙제를 끝낼 가능성이 확 높아진다.

로라는 어깨가 가벼워진 기분이 되어 기숙사로 향했다.

그리고 다시 숙제에 임했다.

그때였다.

돌연 방문을 쿵쿵쿵 세게 두드리는 소리가 났다.

"누굴까요? 에밀리아 선생님일까요."

"에밀리아 선생님은 이렇게 품위 없이 노크하지 않아요."

"도둑일지도 몰라."

"도둑?!"

로라는 안나의 말에 깜짝 놀라 침대 밑에서 검을 꺼냈다.

그러나 값나가는 물건도 없을 것 같은 학생 기숙사를 굳이 털러 오는 사람이 있을까.

그것도 학생은 모두 모험가 새싹이다. 웬만한 일반인과는 전투력이 근본적으로 다르다.

교사는 모두 전직 일류 모험가이고 학장에 이르러서는 인류 역사상 최강으로 불린다.

이런 곳을 털 바에는 은행을 터는 편이 성공률이 높을 것이다.

"하쿠 님! 하쿠 님! 미사키가 모시러 왔습니다! 하쿠 니이이이임!"

복도에서 소녀의 목소리가 들려왔다.

그러나 로라가 모르는 목소리다.

미사키라는 이름도 처음 들었다.

"누, 누구세요?"

"내 이름은 미사키! 대대로 하쿠 님을 섬기는 무녀입니다! 문을 열어주십시오!"

문을 두드리는 강도는 점점 심해져갔다.

이대로 있다가는 문이 부서질 것 같다.

로라는 샬롯과 안나에게 눈짓을 보낸 다음, 문을 열기로 했다.

"지금 열 테니 그만 두드리세요!"

상대가 진짜 도둑이어도 곧바로 대응할 수 있게 주의하면서 문을 열었다.

그러자 소녀 한 명이 바람처럼 방으로 미끄러져 들어왔다.

이국적인 느낌이 물씬 풍기는 홍백색의 수상한 옷차림이다. 회색빛을 띤 연갈색 머리칼을 휘날리며 귀와 꼬리를 파닥파닥 흔들었다.

그렇다. 귀와 『꼬리』다.

그녀의 엉덩이에는 머리카락 색깔과 똑같은 색깔의 꼬리가 달려 있었다. 무척 고운 털빛이다.

그리고 머리 위에는 두 개의 큰 귀가 달려 있다. 인간의 귀가 아니다. 분명 여우 귀이리라.

다시 말해, 수인이다.

"오오, 하쿠 님! 거기 계셨군요!"

모두의 경악한 표정에는 아랑곳하지 않고 미사키는 침대 위에

© 2017 Riichu

서 편히 쉬고 있는 하쿠에게 뛰어들었다.

"삐—?"

하쿠도 영문을 모르겠는 모양이었는지 의아하다는 듯이 삐 하고 울었다.

다만 미사키만이 만족한 듯이 하쿠를 끌어안고 침대 위에 정좌한 채 뺨을 비볐다.

"자, 하쿠 님. 수인 마을로 돌아가는 겁니다! 인간들 마을에 있으면 팔아넘겨질 겁니다."

미사키는 하쿠를 안은 채 아무런 설명도 없이 방을 나가려고 했다.

물론 로라는 그걸 막으려고 했다.

그러나 가장 먼저 반응한 것은 하쿠였다.

"삐—! 삐이, 삐이, 삐이!"

모르는 소녀의 손에 끌려 나간다—.

그런 상황에 무서움을 느꼈는지 격렬히 울며 팔다리와 날개를 파닥거려 미사키의 품에서 탈출했다.

그리고 로라 곁으로 날아와 팔에 꼭 매달렸다.

"삐!"

로라 곁에서 떨어지지 않을 거야, 라고 선언하는 목소리였다.

"하쿠 님, 왜 그러시는 겁니까! 하쿠 님은 수인 마을의 신수이

신데, 어째서 인간을 따르시는 겁니까!"

하쿠가 자기가 아니라 로라를 선택했다. 그 사실이 상당히 충격이었는지 미사키는 눈시울을 붉히며 외쳤다.

"그게…… 하쿠는 태어났을 때 처음으로 나와 눈이 마주쳐서…… 각인 현상이라고 하나요? 나를 엄마라고 생각하는 것 같아요."

"삐―."

하쿠는 로라의 몸을 타고 올라 언제나처럼 머리 위에 철퍼덕 주저앉았다.

"그럴 수가. 하쿠 님…… 대현자님이 했던 말이 진짜였단 말입니까……."

미사키는 절망에 빠진 얼굴로 비틀비틀 뒷걸음질 쳤다.

그대로 복도로 튀어나가 엉덩방아를 찧을 것처럼 보였다. 그러나 은발 머리 여성이 어깨를 붙잡아줘서 뒤로 나자빠지는 것을 면했다.

"자, 거기까지. 미사키도 참. 내 말을 끝까지 듣지도 않고 튀쳐나가고 말이야. 말해두지만 이 애는 메젤 강을 둥둥 떠내려가던 하쿠의 알을 주워서 보호한 은인이야. 제대로 감사하는 마음을 가지도록 해."

그것은 이 학교의 학장. 대현자 칼로테 길드레아였다.

아무래도 대현자는 이 수인 소녀 미사키를 아는 것 같았다.

하쿠를 둘러싼 이야기는 어떻게 진전되고 있는 걸까.

대현자는 「내가 수인과 교섭할게」 같은 말을 했었는데, 어째서 이곳에 수인이 직접 찾아온 걸까.

그리고 로라 일동은 여름방학 숙제를 할 시간이 있는 걸까.

모든 것은 수수께끼에 싸여 있다…….

※

대현자는 서신을 전하는 비둘기를 이용해 수인 마을에 편지를 보냈다고 한다.

내용은 물론 신수 하쿠에 대해서다.

메젤 강을 떠내려온 알을 길드레아 모험가 학교의 학생이 주워 왔다.

그 알이 부화해 하쿠의 새끼가 태어났다.

하쿠는 현재 로라라는 학생을 어미로 인식하고 무척 따르고 있다.

하쿠를 어떻게 하면 좋을지 의논했으면 싶다―.

그런 식의 편지를 어제 보냈더니 곧바로 미사키가 찾아왔다.

"하쿠 님은 수인의 수호신입니다. 저는 하쿠 님을 데리고 돌아오라는 장로님의 명령을 받았습니다. 하쿠 님이 당신 곁에서 떨어지지 않겠다고 한다면 함께 데리고 가겠습니다!"

미사키는 진지한 얼굴로 말했다.

그러고는 로라의 오른팔을 잡아당겨 방에서 끌어내리려고 했다.

"갑자기 그렇게 말해도 곤란해요!"

"맞아요! 로라는 내 룸메이트예요. 데리고 가려면 먼저 내 허락부터 받으세요!"

"게다가 숙제가 아직 하나도 안 끝났어. 수인 마을에 가면 절대로 시간 안에 못 끝내."

샬롯와 안나가 로라의 왼팔을 잡아당겼다.

완전히 줄다리기다. 그것도 터무니없는 힘이다.

로라가 아니었다면 두 쪽으로 찢어졌을 것이다.

그런 상황인데도 당사자인 하쿠는 로라의 머리 위에서 낮잠을 자고 있다.

로라가 곁에 있으면 다른 건 아무래도 상관없다는 걸까.

"자자. 싸움은 그만!"

대현자는 그렇게 말하며 손가락을 팡 튕겼다.

그 순간 로라의 온몸에서 힘이 쑥 빠져나갔다.

그리고 샬롯과 안나, 미사키가 휘청거리더니 바닥에 주저앉았다.

"히, 힘이 안 들어가요."

"지금 같으면 딱정벌레한테도 못 이기겠어."

"대현자님 짓입니까……?"

손을 대지도, 다치게 하지도 않고 눈 깜짝할 사이에 세 사람을 속수무책으로 만들었다.

이건 어떤 마법일까.

로라는 대부분의 마법은 보는 것만으로도 베낄 수 있었지만 대현자의 마법은 너무나도 고도의 것이어서 머리가 따라가지 못했다.

어렴풋이 특수 마법 종류라는 것만은 알았다.

"로라한테도 마법을 걸었는데, 아무렇지 않아?"

"일단 엄청 피곤한 느낌이에요."

"흐응. 그것뿐이라는 거네. 로라는 정말 굉장해."

대현자는 로라를 보며 빙그레 웃었다.

어쩐지 로라는 맹금류의 표적이 된 작은 새가 된 착각을 느끼며 식은땀을 흘렸다.

어쩌면 대현자도 자신과 싸우고 싶어 하는 게 아닐까―.

로라는 그런 상상을 했지만, 지금 싸운다면 분명 대현자가 이길 것이다.

대현자는 그렇게 승패가 뻔한 싸움에 흥미를 가질 사람이었나?

어쩌면…… 로라가 강해지기를 기다리고 있는 건지도 모른다.

평소에는 초연한 척하면서 정말 무서운 사람이야, 라며 로라는 몸을 부르르 떨었다.

하지만 모든 것은 상상이다.

실제로 어떤지는 알 수 없다.

"뭐, 우선 지금은 미사키가 하는 말에 따라야 한다고 생각해. 하쿠가 수인 마을에서 떠내려온 건 분명한 사실이고. 하쿠가 로라와 떨어지지 않는다면 로라까지 같이 가는 수밖에 없어."

"역시 대현자님. 말이 통하십니다!"

마법이 풀렸는지 미사키의 표정에 괴로운 기색은 없었다.

괴롭기는커녕 기쁜 듯 웃으며 귀와 꼬리를 실룩거렸다.

로라 안에서 복슬복슬한 그것을 만지고 싶은 충동이 솟구쳤다.

그러나 지금은 그럴 때가 아니다.

"잠깐만요! 학장님! 수인 마을에 가면 돌아올 수 없는 거잖아요. 하쿠는 계속 수인 마을에 있어야 하잖아요?"

로라의 항의에 미사키가 새침한 얼굴로 답했다.

"물론입니다. 하쿠 님은 수인이 키울 겁니다."

"하지만 하쿠는 나한테서 떨어지지 않아요. 그럼 나도 계속 수인 마을에 있어야 하잖아요!"

"손님으로 정중히 대하겠습니다. 걱정할 것 없습니다."

"괜찮지 않아요! 난 이곳 학생이에요!"

지금은 여름방학이라서 괜찮지만 수업이 시작되면 수인 마을에서 여유를 부리고 있을 수는 없다.

하쿠를 학교에서 기르든지 떨어뜨려 놓을까.

빨리 문제를 해결하지 않으면 힘들어진다.

"로라는 우리랑 같이 졸업할 거예요. 수인 마을에 계속 있는 건 허락 못 해요!"

"로라가 없으면 검 연습을 할 상대가 없어. 절대로 안 돼. 수인 마을까지 우리가 따라가겠어. 그리고 반드시 학교로 데리고 돌아올 거야."

"샬롯…… 안나……."

로라는 두 사람의 우정에 감동했다. 가슴이 뭉클했다.

역시 길드레아 모험가 학교는 최고다.

이곳 학생이 돼서 다행이다.

숙제가 없다면 더 최고일 텐데.

"너희만 보낼 순 없으니까 보호자로 나도 같이 갈게. 장로들과 교섭도 해야 하고."

"오오! 학장님이 함께 가주신다면 든든할 거예요!"

"후후. 그렇게 말해주니 기쁘구나."

대현자는 칭찬받아서 기분이 좋은 것 같았다.

그렇다면 혼란을 틈타 숙제를 부탁해보자.

"그런 강하고 다정하신 학장님께 부탁이 있어요. 지금 수인 마을에 가면 여름방학 숙제를 기간 안에 끝낼 수 없어요……. 제출일을 미뤄달라고 에밀리아 선생님한테 말해주시면 안 될까요?"

"어머나. 발칙한 생각을 했구나. 그래, 얼마나?"

"으음…… 한 달이요!"

"아무리 그래도 한 달은 안 되지. 에밀리아 머리에 뿔이 날 거야."

"우우…… 그럼 2주!"

"그렇게 오래 걸릴 것 같아?"

대현자는 침대 위에 어지럽게 널브러진 로라 일동의 공책을 주워 팔랑팔랑 넘겼다.

그러고는 「어머!」 하고 작게 외쳤다.

"너희들. 방학 내내 놀았지?"

"아, 아니요…… 논 게 아니라…… 아버지를 설득하느라 바빴어요!"

"맞아요. 로라 아버지를 설득하느라 이 방법 저 방법을 쓰느라고요!"

"낮이고 밤이고 의논하느라 숙제할 상황이 아니었어."

로라 일동은 이리저리 눈을 굴리며 필사적으로 얼버무렸다.

그러나 대현자의 눈은 모든 것을 꿰뚫어보듯 빛나고 있었다.

"뭐, 됐어. 숙제 기한은 내가 어떻게든 해보겠지만…… 다음부터는 제대로 해야 해!"

""""네!""""

2주면 끝낼 수 있을 것이다.

이로써 하쿠 문제에 전념할 수 있다.

로라에게는 숙제가 가장 어려운 문제였기에 그게 해결되자 마음이 한결 편해졌다.

　실제로는 해결된 게 아니라 뒤로 미룬 것뿐이지만 로라 안에서는 끝난 거나 다름없었다.

　"그런 것보다, 빨리 출발하는 겁니다!"

　미사키가 화를 내며 귀와 꼬리를 실룩거렸다.

　역시 만지고 싶어 죽겠다고, 로라는 생각했다.

※

　수인이 사는 마을이나 동네는 통틀어 『수인 마을』로 불린다.

　따라서 그 숫자는 한 개가 아니다.

　세계 각지에 흩어져 있으며 대부분 인간과의 교류는 최소한으로 억제하고 있다.

　그렇다면 애당초 『수인』이란 무엇인가.

　인간과 닮은 모습이고 인간과 동등한 지성을 가졌으며 신체 능력은 인간 이상인 존재.

　그 기원은 고대 문명이 만들어낸 인공 생명체였다.

　유적에 남아 있는 기록에 따르면 수인들은 고대인의 노예로서 만들어져 그 명령에 절대 복종했었다고 한다. 수인을 복종시키기 위한 마법도 있었던 것 같았다.

그러나 고대 문명은 멸망했다. 동시에 그 마법도 사라졌다.

그리고 수인들은 인간 마을에서 떨어진 산속으로 이동해 남몰래 살아왔다.

이제 수인들은 노예가 아니다.

그들은 스스로의 의지로 살아갈 자유를 얻었다.

그런데도 고대에 노예였다는 이유로 아직까지 수인에게 차별 의식을 갖고 있는 인간이 있다.

더욱 극단적인 것은 수인은 몬스터라는 사상이다.

분명 몬스터의 정의는 『고대 문명에 의해 만들어진 생물병기』다.

실제로도 수인들이 병기로서 전쟁에 사용됐었다는 기록이 남아 있다.

그것을 근거로 수인은 몬스터이므로 인권은 없으며 죽이거나 범해도 문제없다고 주장하는 집단이 있었다.

다만 그처럼 무지몽매한 말을 하는 자들은 소수파이며 이미 수인을 적극적로 해하려 하는 인간은 거의 없다.

현재도 인간과 수인의 사이가 좋다고는 말하기 어렵다. 그러나 과거의 차별은 정말이지 지독했었다.

그것이 조금 나아진 것은 백삼십 년 전. 이 나라에 마신이 출현한 것이 계기라고 교과서에 나와 있다.

마신을 무찌른 것은 대현자다.

대현자와 그 이외 인간의 힘은 너무나도 동떨어진 것이어서 도우려 해도 걸림돌밖에 되지 않았다.

그러나 대현자에게 조력자가 없었던 것은 아니다.

그 조력자가 바로 신수 하쿠다.

팔레온 왕국 사람들은 하쿠는 수인이 숭배하는 토착신이라는 인식뿐이었다.

그 하쿠가 마신에 맞서 대현자와 함께 싸운 사실에 팔레온 왕국 사람들은 크게 놀랐다.

수인으로서는 인간을 도우려 한 것이 아니라 단순히 자기 보호를 위해 하쿠에게 기도를 올려 마신과 싸우게 했던 것이다.

그러나 그럼에도 인간과 수인이 서로 힘을 합쳐 마신을 무찔렀다는 사실에는 변함이 없다.

이전부터 수인들에 대한 차별에 마음 아파했던 대현자는 이것을 기회라고 생각하고 인간들에게 호소했다.

수인은 더 이상 노예가 아니다. 하물며 몬스터도 아니다.

귀와 꼬리가 다를 뿐 그들은 인간과 비슷한 존재다.

우대하거나 존경하라고는 하지 않겠지만 적어도 차별만은 멈추자, 라고.

그 호소는 비록 시간이 걸리기는 했지만 조금씩 사람들의 의식에 스며들어 지금은 팔레온 왕국 밖에서도 수인들에 대한 대우가 좋아졌다.

적어도 몬스터로 취급하고 일방적으로 희롱하다가 죽이는 것은 위법이 되었다.

수인은 기본적으로 인간을 혐오하지만 위와 같은 경위로 대현자만은 다른 존재로 대우했다.

어느 수인 마을에 가도 대현자만은 환영받는다고 한다.

그리고 왕도에서 가장 가까운 곳에 위치한 수인 마을 『오이세 마을』은 일찍이 함께 싸웠던 하쿠가 있기도 해서 대현자는 종종 놀러 갔었다.

"하지만 오이세 마을에 안 간 지도 벌써 반년 정도가 됐어."

대현자는 그렇게 중얼거리고는 학교 뜰에서 멀리 떨어진 메젤 산을 바라봤다.

그 산허리에 오이세 마을이 있고 거기서 더 올라가면 메젤 산의 수원이 있다.

로라는 물론이고 샬롯과 안나도 수인 마을에 간 적이 없기에 긴장한 얼굴로 대현자에게 붙어서 걸었다.

한편 수인인 미사키는 인간 마을에 있는데도 전혀 주눅 든 기색이 없었다.

대현자 때문에 인간을 따르게 됐는지도 모른다.

"그런데 미사키. 이 애의 어미는 아직 살아 있니?"

대현자는 로라의 머리 위에 앉은 하쿠를 손짓으로 가리켰다.

그러자 하쿠는 「삐―」하고 태평하게 울었다.

"……아직 간신히 살아는 있습니다. 하지만 알을 낳은 시점에 선대 하쿠 님의 수명은 이미……."

"알아. 신수는 한 종당 한 마리. 새끼의 탄생이 곧 어미의 죽음이지. 과거에 함께 싸웠던 하쿠가 죽는 건 애석한 일이지만 어쩔 수 없어."

그렇게 말하는 대현자의 목소리에서는 드물게 쓸쓸함이 묻어났다.

언제나 초연한 그녀도 옛 친구와의 이별은 힘든 것이다.

당연한 일이지만 로라에게는 그것이 신선하게 느껴졌다.

"자, 그럼, 어미 하쿠가 살아 있는 동안에 가서 얼굴을 볼까. 그러니……."

대현자가 팔을 뻗어 옆으로 휙 휘둘렀다.

그러자 그 순간, 아무것도 없던 공간에서 카펫 한 장이 나타나 사뿐 내려앉는 게 아닌가.

"어, 엇?! 학장님, 방금 어떻게 하신 거예요? 이것도 마법이에요?!"

마법으로 불이나 낙뢰를 일으키는 것은 일상다반사지만 카펫이라는 제대로 된 물체가 나타난 사실에 로라는 경악했다.

샬롯과 안나도 입을 딱 벌렸다.

"특수 마법의 일종이야. 마력으로 카펫을 만든 게 아니라, 차원 창고에서 카펫을 꺼내왔어. 아, 차원 창고라는 건…… 뭐라고 설명하면 좋을까. 이 세계와는 살짝 어긋난 공간 같은? 그런 장소에 물체를 보내놓고 필요할 때마다 끄집어내는 거야. 그렇게 하면 부피가 늘지 않고 많은 물건을 한 번에 옮길 수 있어서 편리해."

대현자는 마치 사소한 생활의 지혜라는 것처럼 말했다.

"그, 그런 마법은 들어본 적도 없어요!"

가자드 가문의 아가씨인 샬롯은 어릴 때부터 마법 지식을 접할 기회가 많았을 터다.

그런 그녀도 차원 창고를 모른다고 한다.

"그건 당연해. 내가 직접 고안해낸 마법이니까. 에밀리아한테도 가르쳐줬지만 익히지 못했어."

"그건 학장님 말고는 쓰는 사람이 없는 마법이라는 건가요?"

"그런 얘기가 되겠지."

대현자는 은근슬쩍 굉장한 말을 했다.

에밀리아 같은 일류 마법사도 따라할 수 없는 고도의 마법을 스스로의 힘으로 만들어내고 그것을 간단히 다루고 있다.

인류 역사상 최강의 마법사라는 말은 허언도 과장도 아니다.

칼로테 길드레아에 비할 자는 아무도 없다―.

"편리해 보이는데 로라도 배우면 어때?"

안나가 진지한 얼굴로 말했다.

"글쎄…… 학장님밖에 못 쓰는 마법 같은 건 좀……."

"어머, 로라. 해보지도 않고 포기하는 건 한심한 짓이에요. 그럼 내가 먼저 배워 보이겠어요!"

샬롯은 기합이 들어간 목소리로 외친 뒤 카펫을 향해 팔을 뻗어 「끄응」 하고 낮게 신음했다.

"안 돼요…… 차원 창고라는 이미지가 전혀 그려지지 않아요……."

"잘난 척한 것에 비해서 포기가 빠르네요."

"포, 포기한 게 아니에요! 단지 잠시 중단한 것뿐이에요!"

샬롯은 머리카락을 휘날리며 호소했다.

하지만 대현자의 창작 마법이므로 포기한다고 해도 부끄러운 일이 아니다.

못 하는 게 당연……하다고는 해도, 샬롯 말처럼 지레 포기하는 것은 확실히 한심하다.

한 번 정도는 시도해보자.

'먼저 차원 창고의 이미지를 떠올리고…….'

이 세계와는 살짝 어긋난 공간— 대현자는 그렇게 말했었다.

그것을 머릿속에 그렸다.

다음으로 카펫을 그곳에 보내는 이미지를 그렸다.

이미지를 현실로 변환했다.

마력을 방출했다. 카펫을 감쌌다. 차원을 비틀었다—.

"카펫이 사라졌습니다!"

미사키는 귀와 꼬리를 실룩거리며 노골적으로 놀라움을 드러냈다.

샬롯은 분한 듯이 이를 갈고, 안나는 「오오!」 하고 어렴풋한 환성을 내질렀다.

대현자는 싱글벙글 웃으며 어째선지 로라의 뺨을 쭈욱 잡아당겼다.

"히이익? 왜 이러세효오?"

"차원 창고를 열다니. 나도 일주일 정도는 연습했는데, 로라는 한 번 만에 성공한 거야?"

"후에에, 그러케 말씀하셔도……."

대현자는 여전히 웃는 얼굴로 로라의 뺨을 양쪽으로 잡아당겼다.

아무래도 화가 난 모양이다. 아니, 질투다.

설마 대현자에게까지 질투받을 날이 올 줄은 몰랐다.

로라에게 차원 창고는 별로 어려운 기술이 아니었다……. 여전히 다른 사람들의 감각은 알 수 없다.

"어라? 로라 뺨은 엄청 부드럽네. 잡아당기는 게 재밌어지기 시작했어……."

"그만하세효오~ 늘어나겠어효오~."

십 초 후, 비로소 로라는 대현자의 마수에서 풀려났다.

얼얼한 두 뺨을 샬롯과 안나가 어루만져주었다.

역시 없어선 안 될 것은 친구다.

"일단 카펫을 꺼내줘. 그걸 타고 오이세 마을까지 갈 거니까."

"엣, 하늘을 나는 카펫이에요?!"

"아니. 카펫 자체는 평범한 카펫이야. 내 마법으로 띄울 거야."

"뭐야~."

로라는 실망하면서 차원 창고에서 카펫을 꺼냈다.

대현자는 그 위에 앉아 몸에서 마력을 뿜어냈다.

그러자 카펫이 소리도 없이 둥실 떠올랐다.

"자, 얼른 올라타. 백 명이 타도 거뜬하니까 안심해. 그럴 만한 공간은 없지만."

"물체를 띄워서 정지시키다니……. 아무렇지 않게 초고등 기술을 쓰시네요!"

샬롯은 바들바들 떨면서 카펫에 올라탔다.

이어서 로라와 나머지 일행도 올라탔다.

다섯 사람과 한 마리가 올라탔지만 카펫에는 아직 여유가 있었다.

넓고 쾌적했다.

이걸 타고 끝없는 여행을 떠나고 싶었다.

다음에 로라도 카펫을 띄우는 마법을 배워보자.

아니다. 카펫보다 침대를 띄우는 게 더 즐거울지 모른다.

"자, 그럼, 출바알~!"

대현자가 전방을 향해 손짓하자 카펫이 휙 날아올랐다.

"굉장해…… 우리, 바람이 됐어!"

안나는 카펫 끝에서 왕도를 내려다보며 흥분한 목소리로 외쳤다.

이미 사람이 개미처럼 작아졌다.

이대로라면 순식간에 목적지에 도착할 것이다.

"하늘을 날다니. 학장님은 굉장하네요!"

"로라랑 나는 혼자서도 날 수 있어요!"

"듣고 보니 그랬네요!"

시치미를 뗀 게 아니라 정말로 잊고 있었다.

최근 로라는 여러 가지 것들을 단숨에 할 수 있게 되어 자기가
무엇을 할 수 있는지를 다 파악하지 못하고 있었다.

"삐―."

로라의 머리 위에서 신수의 울음소리가 들렸다.

나도 날 수 있어, 라고 외치는 것 같은 목소리였다.

"하쿠 님이 날 수 있는 건 당연합니다!"

어째선지 미사키는 자기 일처럼 가슴을 힘껏 젖혔다.

귀와 꼬리도 기분 좋게 흔드는 탓에, 로라는 그것을 쓰다듬고

싶은 충동을 억누르느라 고생했다.

※

학교에서 이륙한 카펫은 로라 일행을 태우고 점점 고도를 높여갔다.

그러자 시야가 점점 넓어져 이 대지가 지구라는 것을 실감할 수 있을 정도로 지평선이 뒤틀리기 시작했다.

산에서 흘러나오는 메젤 강. 왕도에서 사방으로 뻗은 가도. 광활한 평원. 곳곳에 흩어진 마을과 그 주위로 펼쳐진 밭.

얼마 전 토너먼트 결승전에서 날았을 때는 찬찬히 볼 여유가 없었지만 이렇게 다시 바라보니 왕도 주변은 무척 풍요로운 땅이라는 것을 알 수 있었다.

"저 숲은 우리가…… 아니, 수수께끼 비밀 결사 종이봉투가 베헤모스를 무찌른 숲."

"오오, 확실히 저 근처였어요! 아, 학장님, 좀 더 고도를 높여주세요. 제 고향이…… 보여요!"

보이면 뭘 하겠다는 건 아니지만 어쩐지 즐거웠다.

로라는 밀레베룬 마을을 내려다보면서 아버지와 어머니는 지금쯤 뭘 하고 있을까 생각해봤다.

"대현자님. 너무 속도를 내지 마세요. 머리카락이 헝클어져요!"

"샬롯의 머리모양은 바람에 약한 모양이네. 그건 그렇고, 학생이니까 학장님이라고 부르렴."

"하지만…… 가자드 가문의 사람으로서, 당신은 영원한 라이벌. 대현자니까요……."

"스피드 업!"

카펫은 속도를 올렸을 뿐만 아니라 좌우로 급선회를 반복하며 샬롯의 머리카락을 마구 흔들었다.

나선형의 금발이 로라의 얼굴을 찰싹찰싹 때려 무척 성가셨다.

"아아, 학장님! 속도를 낮춰주세요오오!"

"처음부터 그렇게 불렀으면 좋잖니!"

대현자는 속도를 낮추고 더욱이 카펫 주위를 바람의 결계로 감쌌다.

덕분에 풍압이 느껴지지 않아 훨씬 쾌적해졌다.

그런 걸 할 수 있으면 처음부터 아끼지 말고 해주면 좋을 텐데.

"응? 너희들 방금 풍압을 막을 수 있으면 처음부터 막아, 라고 생각했지?!"

대현자를 제외한 모두가 일제히 고개를 가로저었다.

※

"그건 그렇고, 으음, 로라 씨, 라고 했습니까?"

"네, 제 이름은 로라 에드몬즈예요. 왜 그러세요? 미사키 씨?"

미사키가 이름을 불러줘서 기분이 좋아진 로라는 그녀를 돌아보며 고개를 갸웃했다.

그러자 머리 위에서 자고 있던 하쿠가 옆에 있던 안나의 무릎 위로 굴러 떨어졌다.

하쿠는 기분 나쁜 듯이 「삐—」 울면서 느릿느릿 로라의 몸을 기어올라 원래 자리로 돌아가려 했다.

"로라 에드몬즈…… 로라에몬 씨군요!"

"줄였어?! 그래도 왠지 근사한 약칭이네요, 마음에 들어요! 내별명으로 할래요!"

뛰어난 모험가는 본명과는 별개로 별칭으로 불릴 때가 있다.

로라가 미래에 유명한 모험가가 되면 반드시 『로라에몬』으로 불러달라고 하자.

"그, 근사해요……?"

"묘해."

"로라. 내가 더 근사한 걸 생각해줄 테니까 서두르지 마."

학교 사람들의 반응은 매우 나빴다.

로라에몬을 별칭으로 하는 건 관두자.

"그런데 미사키 씨. 나한테 하고 싶은 말이 있나요?"

"있습니다. 로라에몬 씨의 실력을 믿고 부탁이 있습니다. 차원 창고에 들어가 보고 싶습니다."

"차원 창고에, 들어가요⋯⋯?"

"그렇습니다. 대현자님의 설명으로는 차원 창고에는 다양한 것들이 들어간다고 합니다. 생물도 들어갈 수 있을 겁니다. 그 안이 어떻게 되어 있는지 보고 싶습니다."

미사키의 소원을 듣고, 로라와 대현자는 얼굴을 마주 봤다.

"학장님. 차원 창고에 미사키 씨를 들어가게 해도 괜찮을까요?"

"으음⋯⋯ 괜찮아. 내가 직접 들어간 적이 있는데 특별히 위험한 건 없었어."

"오오! 창고 안은 어떤 느낌이었습니까?!"

"그건 직접 경험해봐."

"애타게 하시는군요!"

미사키의 귀와 꼬리가 독립된 생물처럼 마구 움직였다.

귀엽다. 쓰다듬고 싶다.

"그럼 미사키 씨를 차원 창고로 보낼게요. 에잇!"

로라는 미사키에게 손을 뻗어, 이곳과는 어긋나 있는 세계로 보내는 이미지를 떠올렸다.

그러자 눈앞에서 설렌 표정을 짓고 있던 미사키가 흔적도 없이 사라졌다.

"……정말 괜찮을까요?"

"이래놓고 돌아오지 않으면 큰일인데."

샬롯과 안나가 불안한 표정으로 로라를 쳐다봤다.

"괘, 괜찮아요! 그렇죠? 학장님!"

"글쎄? 그건 로라가 하기 나름이지."

"에엣?!"

대현자는 조금 전까지만 해도 여유만만한 분위기를 풍겨놓고 이제 와서 갑자기 곤란하다는 듯한 표정을 지었다.

로라는 자기 때문에 미사키가 사라지면 어쩌나 하고 거의 울상이 되었다.

"아이구, 농담이야! 아까 카펫 때처럼 평범하게 불러내면 돼."

"정말, 놀리지 마세요!"

"미안, 미안. 로라 표정이 획획 바뀌는 게 재밌잖아."

정말 짓궂은 학장이다.

이런 고약한 사람은 무시하고 미사키를 다시 불러내자.

"에잇!"

미사키가 조금 전까지 앉아 있던 곳으로 돌아오는 이미지를 떠올렸다.

그러자 미사키는 제대로 돌아왔다.

다행이야, 다행이야.

그렇게 생각했더니.

"우와아아앙, 로라에몬 씨, 로라에몬 씨이이이!"

"왜 우는 거예요? 미사키 씨?!"

차원 창고에서 돌아온 미사키는 입을 크게 벌리고 눈물을 뚝뚝 흘리면서 엉엉 울었다.

영문을 모르는 로라는 낭패한 기분이 들었다.

샬롯과 안나도 당황해서 쩔쩔맸다.

태연한 것은 하쿠와 대현자뿐이다.

"온통 캄캄하기만 해서 무서웠습니다! 방향도 모르겠고 팔다리를 움직여도 아무것도 만져지지 않고…… 아무것도 없는 건 무섭습니다아아아!"

과연. 차원 창고는 그런 곳인 걸까.

확실히 그건 무섭다.

로라는 자기를 보내지 않은 게 옳았다고 절실히 생각했다.

그리고 대현자는 차원 창고가 어떤 곳인지 알면서도 미사키에게 말하지 않았다.

정말로 고약한 사람이다.

그러나 미사키가 울면서 품을 파고들었기에 그 혼란을 틈타 귀를 쓰다듬을 수 있었다.

됐다고 치자.

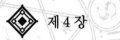

　　미사키가 말하길 오이세 마을에는 2백 명 정도의 수인이 산다고 한다.

　　그 모두가 여우귀 족이라고 한다.

　　보드라운 것을 마음껏 쓰다듬을 수 있는 낙원— 이라며 로라는 흥분했지만 닥치는 대로 쓰다듬는 건 아무리 생각해도 너무 실례다.

　　이번에는 하쿠 문제를 해결하려고 왔으니 쓰다듬는 건 자제해야 한다.

　　그러나 로라는 참을 자신이 없었다.

　　"오이세 마을이 보이기 시작했습니다."

　　미사키 말대로 산속의 숲 일부를 헌 곳에 집락이 있었다.

　　늘어선 건물은 모두 목제다.

　　마을 주위에는 밭도 펼쳐져 있다. 자급자족 생활이 가능한 모양이다.

　　사람 그림자가 드문드문 보이고, 멀리서도 꼬리를 판별할 수 있었다.

쓰다듬고 싶은 충동이 솟구친 로라는 응급 처치로 옆에 있던 미사키의 꼬리를 쓰다듬기로 했다.

"우앗, 간지럽습니다! 갑자기 뭐 하는 겁니까, 로라에몬 씨!"

"미안해요, 나도 모르게…… 다음부턴 만지기 전에 미리 말할게요……."

"만지는 건 아예 전제로 한 겁니까?! 뭐, 조금이라면 괜찮지만……."

미사키는 자기 꼬리의 가치를 모르는 모양인지 난처한 얼굴이었다.

그러나 수인의 귀와 꼬리는 굉장하다.

특히 꼬리는 위험한 수준이다.

중독될 것 같다.

"시, 실은 나도 아까부터 미사키 씨의 꼬리를 만지고 싶었어요……!"

"나도."

샬롯과 안나도 미사키의 꼬리를 뚫어져라 쳐다봤다.

사흘 정도 밥을 굶은 사람이 스테이크를 발견한 것 같은 눈이었다.

"꼬리를 만지는 게 뭐가 즐겁습니까?! 대현자님을 본받아서 차분해지십시오!"

그러고 보니 대현자만 아까부터 말이 없다.

설마 꼬리에 흥미가 없는 걸까.

어른이 되면 호기심을 잃는 걸까.

그건 무척 슬픈 일이다.

"나는 백 년 넘게 마구 쓰다듬어서 미사키가 태어나기 전에 질렸어. 너희한테 양보할게."

"우와, 역시 학장님! 쓰다듬기 역사가 백 년이 넘었다니, 굉장해요! 그럼 학장님의 허락을 받았으니 쓰다듬어요!"

"기다리십시오. 나는 허락하지 않았습니다…… 아아, 아아앗!"

로라 일동은 미사키의 꼬리에 손가락을 파묻고 털을 어루만졌다. 역시 굉장한 감촉이다. 제멋대로 입꼬리가 올라가고 만다.

몇 시간이고 이렇게 있고 싶다.

그만둘 수 없다. 멈춰지지 않는다. 끝이 없다.

그러고 있자 하쿠까지 흥미를 보이기 시작해 미사키의 꼬리 위에 내려 앉아 앞발을 휘감았다.

"잠깐, 너희들! 만지는 건 상관없지만 이제 오이세 마을에 내릴 거니까 조금은 자제해. 봐, 미사키가 실신했잖아."

"헤? 으아아아! 미시키 씨, 정신 차려요!"

"큰일 났어요! 회복 마법을 쓸게요!"

"그 정도로 간지러웠다니……."

로라는 미사키의 어깨를 흔들고, 샬롯은 효과가 있는지 알 수 없는 회복 마법을 걸고, 안나는 뺨을 찰싹찰싹 때렸다.

그러자 미사키는 정신을 차려주었다.

로라는 가슴을 쓸어내렸지만, 미사키는 구르듯이 도망쳐 대현자에게 매달렸다.

"역시 대현자님 말고 다른 인간은 무섭습니다! 방심하면 무슨 짓을 당할지 모릅니다!"

"그, 그런 말을…… 우리는 미사키 씨의 꼬리가 좋은 것뿐이에요! 사랑이에요!"

"사랑이 과합니다!"

일단 악의가 없다는 것은 알아준 모양이다.

그러나 미사키는 큰 송곳니를 드러내고 이쪽을 노려봤다.

그런 모습마저 귀엽게 느껴지기 시작했다.

옛날 사람들은 어째서 이렇게 사랑스러운 수인을 차별했던 걸까.

'난 도무지 모르겠어.'

그렇게 로라가 역사의 수수께끼에 대해서 생각하는데, 대현자가 카펫을 천천히 하강시켰다.

하늘을 나는 카펫이 나타나면 보통은 놀랄 법하다. 그러나 오이세 마을의 수인들은 익숙하게 손을 흔들었다.

대현자가 자주 드나든 탓에 카펫이 날아다니는 것을 당연하게 생각하는 것이리라.

"오오, 미사키. 무사히 돌아왔구나. 그리고 대현자님. 오랜만입니다."

마을 변두리에 착지한 카펫에, 나이가 지긋한 수인 남성 한 명이 다가왔다.

머리숱은 많지만 완전한 백발이다.

칠십은 넘었으리라.

"네에, 장로. 반년 정도 됐나? 건강해 보여서 다행이야."

대현자는 노인을 장로라고 불렀다.

"장로님. 하쿠 님을 모시고 왔습니다."

미사키는 카펫에서 일어나, 로라의 무릎 위에 앉은 하쿠를 눈짓으로 가리켰다.

"오오, 하쿠 님⋯⋯ 큰 비에 떠내려갔을 때는 걱정했었는데, 무사히 알에서 깨어나셔서 천만다행입니다."

"삐—."

장로는 눈물을 글썽이며 하쿠의 무사를 기뻐했다.

그러나 하쿠는 장로에게 흥미가 없는지 로라의 옷을 잡아당기며 놀아달라는 표정을 지었다.

"장로. 서신에도 썼지만 하쿠는 이 로라 양한테서 떨어지려고 하지 않아. 완전히 어미라고 생각하는 모양이야."

"그래 보이는군요⋯⋯. 하지만 아무리 태어나서 처음 봤다고 해도 인간 소녀입니다. 신수와는 격이 너무 달라서 오인할 여지가 없을 것 같은데 말이지요. 아직까지도 믿어지지 않는군요."

"직접 본 건 좀 믿어. 그리고 로라는 평범한 소녀가 아니야. 뭐, 그건 선대 하쿠와 함께 얘기하자구. 아직 말할 수 있는 상태야?"

"예…… 간신히. 실은 이번 건과 관계없이 대현자님을 부를 생각이었습니다. 선대 하쿠 님은 대현자님을 만나고 싶어 하고 있어요."

선대 하쿠는 로라의 무릎 위에 있는 하쿠의 어미일 것이다.

신수는 원래 한 종 당 한 마리밖에 존재하지 않는다.

그래서 새끼가 태어나면 어미는 선대가 되고 새끼가 뒤를 잇는다.

하지만 곧바로 어미가 죽는 건 아니었다. 이 세대교체가 일어나는 아주 짧은 기간에 한해 예외적으로 같은 신수가 두 마리 존재한다.

"그래…… 그럼 로라. 하쿠를 데리고 날 따라와. 샬롯과 안나는 근처에서 미사키하고 놀고 있어."

"우. 무슨 말씀이세요, 대현자님. 우리도 같이 갈래요. 안 그러면 여기까지 온 의미가 없잖아요."

"맞아. 따라갈래."

샬롯과 안나는 양쪽에서 로라를 꽉 붙잡았다.

무슨 일이 있어도 놓아주지 않겠다는 결의가 표정에 드러나 있다.

고마운 얘기지만 딱히 위험한 곳에 뛰어드는 게 아니다. 그렇게 걱정할 것 없는데, 라고 로라는 태평하게 생각했다.

"음······ 뭐, 상관없나. 그럼 다 같이 가자."

대현자는 시원하게 승낙했다.

여전히 가벼운 사람이다.

한편 장로와 미사키는 펄쩍 뛸 정도로 놀랐다.

"대현자님, 무슨 소리십니까! 선대라고는 해도 신수입니다. 인간 아가씨를 데리고 가는 건······."

"맞아요. 그건 실례예요!"

"어머. 나와 로라도 인간인데요?"

대현자는 천연덕스레 말했다.

"대현자님은 예외지요. 그리고 로라 씨는 하쿠 님이 선택한 사람이고요. 그러나 거기 두 사람은 평범한 인간이죠. 데리고 갈 수는 없습니다."

장로는 단호한 태도로 대현자의 말에 반론했다.

그러나 그것은 별로 오래가지 못했다.

"하쿠가 그렇게 말했어? 인간 따위를 내 앞에 데리고 오지 말라는 말을 한마디라도 했어?"

"아뇨······ 그런 건······."

대현자의 추궁에 장로는 쩔쩔매며 제대로 된 대답을 하지 못했다.

"그럼 됐네. 다 같이 레츠 고!!"

장로와 미사키는 아직 미처 납득하지 못한 얼굴이었지만 천하의 대현자가 밀어붙이면 막을 수 없다.

단체로 선대 하쿠가 있는 곳으로 가게 되었다. 그곳은 숲 속에 위치한 동굴 속이었다.

※

오이세 마을의 한가운데에는 목제로 된 자그마한 망루가 있었다.

장로와 미사키의 말로는 이곳에 하쿠의 알을 두고 제사를 지냈던 모양이다.

그것이 큰 비에 떠내려가 로라가 있는 곳에 이르렀고 돌고 돌아 다시 오이세 마을로 돌아온 것이다.

그 망루에 슬쩍 눈길을 주며 로라 일동은 마을을 지나 숲으로 들어갔다.

오이세 마을을 둘러싼 숲의 안쪽에는 깎아지른 벼랑이 있었다.

그 벼랑을 따라 나아가자 동굴이 나왔다.

리바이어던과 베헤모스도 통과할 수 있을 만큼 큰 입구였다.

"여기까지 강렬한 낌새가 느껴져요……."

"엄청난 거물이 있어……."

샬롯과 안나는 동굴 안쪽을 쳐다보며 부르르 어깨를 떨었다.

"무서우면 여기서 기다리십시오."

"무섭지 않아요! 자, 안나! 우리가 솔선해서 들어가요!"

"난 무서운데……."

"조용히 해요!"

샬롯은 안나의 팔을 잡아당기며 거침없이 동굴로 들어갔다.

로라와 나머지 사람들도 그 뒤를 따랐다.

동굴은 깊어서 햇빛이 닿지 않았다.

그러나 샬롯이 마법으로 불빛을 만들어준 덕분에 구석구석까지 둘러볼 수 있었다.

그와 동시에 안쪽에 엎드려 누운 거대한 드래곤도 눈에 들어왔다.

"꺄앗!"

샬롯이 비명을 내지르며 안나를 끌어안았다.

드래곤이 갑자기 눈앞에 나타나면 그녀가 아니더라도 놀라게 마련이다.

그러나 그것은 드래곤이 아니라 신수다.

"반년 만이네, 하쿠. 많이 야위었어."

대현자는 그렇게 중얼거리며 신수에게 다가갔다.

그녀 말대로 그 신수는 무척 쇠약해 보였다.

말 한 마리를 통째로 삼킬 수 있을 만큼 커다란 입에 학교 교실을 삐져나올 만큼 거대한 몸.

그러나 그 흰 비늘은 광택을 잃었고, 갈비뼈가 불거질 만큼 야위어 있었다.

동굴에 들어오기 전에 분명 신성한 오라는 느꼈다.

그것은 지금도 건재하지만 이렇게 실물을 보니 꺼져가는 양초 같은 인상이 들었다.

"대현자인가…… 마지막으로 볼 수 있어서 기쁘군."

신수는 눈과 입을 열고, 낮은 목소리로 대현자의 말에 대꾸했다.

"어머. 마지막이라니, 그런 슬픈 말이 어디 있어. 백삼십 년 전, 같이 마수와 싸웠을 때의 기백은 어디로 간 거야?"

"터무니없는 소리. 난 당신보다 이백 년은 더 살았어. 이 육체는 이제 한계야. 무사히 새끼도 낳았어. 슬슬 쉬게 해줘."

"……그래. 가장 오랜 친구가 죽는 건 슬프지만, 할 수 없는 일이지."

단지 그것뿐인 대화에 얼마만큼의 의미가 담겨 있는 걸까…….

로라는 그것을 생각해보려 했지만 아직 아홉 살 인생으로는 도저히 상상할 수 없었다.

"그래, 그 소녀의 머리 위에 있는 게 내 새끼지?"

신수는 로라를 쳐다봤다. 정확히는 로라의 머리 위를 쳐다봤다.

아무리 쇠약해졌어도 신수는 신의 일종이다.

고대 문명보다 더 이전 시대에 최고신에 의해 지상에 보내진 신성한 존재.

그런 상대의 시선을 정면으로 받으니, 아무리 로라라도 긴장 탓에 목소리가 나오지 않았다.

그러나 새끼 하쿠는 언제나처럼 태평하게 울었다.

"삐一."

그 소리에 로라도 마음이 편안해졌다.

"하쿠. 이분이 네 진짜 엄마야."

"삐이?"

영문을 모르겠다는 울음소리다.

그러나 하쿠는 자기가 어떤 존재인지 깨닫고, 이 마을에 남아야 한다.

그러지 않으면 로라도 이곳에 살아야 할 처지가 된다.

"선대님. 이 새로운 하쿠 님은 태어나서 처음으로 로라에몬 씨…… 아니, 로라 씨를 보게 돼서, 그래서 로라 씨를 어미로 생각하고 있습니다. 모든 건 폭우로부터 알을 지키지 못한 저의 책임입니다. 무녀인 제가 똑바로 지켰어야 하는데……."

"아니, 미사키 한 사람의 책임이 아니야. 하쿠 님은 오이세 마을 전체가 지켰어야 해. 실제로 폭우가 내리던 날, 망을 보던 사람은 미사키가 아니었어. 하지만 비바람에 망루가 무너졌고, 알아챈 순간 이미 알은 떠내려간 뒤였어. 우리는 필사적으로 쫓아갔지만 결국 따라잡지 못했어. 로라 씨가 주워주지 않았다면 어디까지 떠내려갔을지 몰라……."

미사키와 장로는 무릎을 꿇고 땅에 이마가 닿을 정도로 머리를 숙였다.

그러나 선대 하쿠는 별로 신경 쓰는 기색도 없이 「됐네」 하고 온화하게 중얼거릴 뿐이었다.

"당신들의 믿음이 있으면 신수는 비에 떠내려가는 것 정도로 죽지 않아. 실제로 이렇게 돌아왔잖아. 신수란 그런 거야. 결코 우연이 아니야. 알을 주운 게 저 소녀였던 것도 필연인 게지."

선대 하쿠는 다시 로라를 바라봤다. 이번에는 머리 위가 아니라 정확히 로라의 눈을 보고 있었다.

"소녀. 로라라고 했나?"

"네…… 로라 에드몬즈예요."

신수와 이야기하는 것은 떨렸지만 쭈뼛거릴 때가 아니라는 것을 직감적으로 알았다.

선대 하쿠에게 남은 시간은 그다지 많지 않다.

대현자와 함께 이 나라를 지킨 위대한 존재의 시간을, 로라의 사정으로 낭비해서는 안 된다.

"놀라워. 설마 인간의 몸으로 대현자보다 강한 자가 나타나다니."

"어머, 무슨 말이야. **지금은** 내가 더 강해."

선대 하쿠의 말에 대현자가 즉시 반론했다.

그러자 선대 하쿠는 빙긋 웃었다.

"그 지기 싫어하는 성격은 아무리 나이를 먹어도 고치지 못했군. 지금은, 이라는 건 잠재 능력 면에서는 졌다는 걸 자백하는 꼴이 아닌가."

"틀렸어. 미래는 아무도 모르는 거니까 단정하지 않는 것뿐이야!"

발끈하는 대현자를 보고 선대 하쿠는 더욱 웃었다.

"정곡을 찔리고 발끈하는 것도 여전하네. 너는 분명 몇 백 년이나 그 모습 그대로 살아갈 테지. 그러니 난 안심하고 떠날 수 있어. 그리고 로라. 그 애를 부탁하마. 그 애가 네 손에 거둬진 건 우연이 아니야. 길러줄 어미를 자기가 직접 고른 거야. 그렇지 않고서야 그렇게 따를 리가 없지."

"삐—."

새끼 하쿠는 로라의 머리 위에서 앞발을 뻗어 로라의 이마를 탁탁 때렸다.

뭘 하고 싶은 건지 도무지 알 수 없다.

하쿠 본인만 아는 깊은 뜻이 있는지도 모른다.

"내가 하쿠를 기르는 어미……? 하지만 하쿠는 이 마을에 있어야 하는 거죠? 전 왕도의 길드레아 마법 학교에 다니고 있어요. 계속 여기에 머물 수는……."

"그건 쓸데없는 걱정이야. 우리 신수가 늘 같은 곳에 있는 건 그 곳이 편하기 때문이지 딱히 규칙이나 법칙이 있는 게 아니야. 그 애가 자기 의지로 왕도에 머문다면 문제될 건 아무것도 없어."

"그, 그런 거였습니까?!"

선대 하쿠의 말에 미사키는 뒤집어진 목소리로 외쳤다.

"틀림없이 하쿠 님은 이곳을 떠나선 안 된다는 규칙이 있는 줄 알았습니다……."

미사키는 무녀면서 신수 하쿠의 생태를 몰랐던 모양이다.

"나도야."

장로도였다.

※

동굴에서 마을로 돌아온 장로는 자기 집에 어른들을 불러 모아 회의를 시작했다.

선대 하쿠의 의지를 모두에게 알리고, 그 뜻에 따라 하쿠를 로라에게 맡길지를 의논하는 모양이다.

"회의 결과는 뻔합니다. 선대님의 뜻을 무시할 수는 없습니다. 새로운 하쿠 님도 이 마을에서 자라주시면 좋겠지만…… 제일 중요한 건 하쿠 님의 뜻입니다. 그러니 우리는 시간도 때울 겸 강에서 낚시를 하는 겁니다!"

"와아, 낚시! 재밌을 것 같아요!"

"생선구이 해 먹을래."

"후후후, 샬롯 가자드는 낚시 실력도 일류라는 걸 보여줄게요!"

"삐—."

하쿠 문제가 예상보다 빨리 해결되어 로라는 그렇지 않아도 가슴이 두근거렸다. 거기다 놀이 초대다.

흥분되는 게 당연했다.

그러나 대현자만은 응하지 않았다.

"아, 미안해. 난 선대 하쿠한테 다시 가봐야겠어. 여러 가지로 얘기할 것도 있고."

"……그러시군요. 알겠어요. 그럼 학장님 몫까지 잡을게요!"

"후후, 기대할게."

대현자는 동굴을 향해 걷기 시작했다.

원래 키가 큰 사람은 아니지만 오늘은 더욱 그 뒷모습이 작게 느껴졌다.

"……우리는 하쿠 님을 숭배하지만 대현자님한테는 대등한 친구니까요……. 우리보다 훨씬 복잡한 심경이겠지요."

미사키도 로라와 나란히 서서 대현자의 뒷모습을 지켜봤다.

걱정은 되지만 뒤를 쫓아갈 수도 없다.

그건 아무래도 너무 멋이 없다.

더구나 상대는 삼백 년 가까이 살아온 전설의 인물이다.

아홉 살인 로라가 이것저것 걱정하는 것은 과한 참견이리라.

얌전히 낚시를 하는 편이 분수에 맞다.

그래서 로라 일동은 미사키가 가지고 온 낚싯대를 짊어지고 메젤 강으로 향했다.

로라 일동에게 익숙한 메젤 강은 폭이 넓은 대하지만 이곳은 상류인 만큼 무척 좁았다.

그 대신 물살이 거세고 바위가 많아서 떨어지면 위험하다.

"근처의 돌을 뒤집어보면 벌레나 지렁이가 있을 겁니다. 그걸 바늘에 끼워서 미끼로 쓰면 매기나 송어를 잡을 수 있습니다."

그 설명을 듣고 안나는 벌써 군침을 흘렸다.

그리고 제일 먼저 바위 밑에 숨어 있던 지렁이를 잡아 바늘에 끼운 다음 낚싯대를 강에 던졌다.

"안나, 먼저 하는 건 반칙이에요! 낚시 여왕의 자리는 내 거예요!"

낚시 여왕은 과연 뭘까 하고 고개를 갸웃하며 로라도 미끼를 찾아 나섰다.

로라와 샬롯 그리고 안나는 소녀이지만 모험가를 꿈꾸고 있다. 지렁이나 벌레를 맨손으로 잡는 것 정도는 식은 죽 먹기다.

산골에서 자란 미사키도 당연히 익숙한 솜씨로 바늘에 벌레를 끼웠다.

그러나 뜻밖에도 하쿠는 지렁이를 싫어했다.

"삐—!"

바위 밑에서 지렁이가 꿈틀거리며 나온 순간, 비명을 지르며 로라의 팔에 매달렸다.

그러고는 질끈 눈을 감고 바들바들 떨었다.

"괜찮아요, 하쿠. 틀림없이 하쿠가 지렁이보다 훨씬 강해요."

"삐—, 삐—."

하쿠는 로라에게서 떨어지지 않았다.

아무래도 강한 것과는 관계가 없어 보였다.

하긴 로라도 「넌 바퀴벌레보다 강하니까 괜찮을 거」라는 말을 들으면 고개를 가로저을 것이다.

싫은 건 싫은 거다.

"봐요, 하쿠. 지렁이는 이미 강 속에 들어갔어요. 이제 눈을 떠도 괜찮아요."

"삐이……."

하쿠는 조심스럽게 눈을 뜨고는, 그곳에 꿈틀거리는 지렁이가 없는 것을 확인했다.

그제야 안심이 됐는지 로라의 머리 위로 기어 올라가 팔다리를 축 늘어뜨린 채 안정을 취했다.

"이제 완전히 로라의 머리가 지정석이 됐네요."

"하쿠, 모자 같아."

"부럽습니다. 나도 하쿠 님과 그 정도로 친해지고 싶습니다."

하쿠 모자는 모두의 호평을 받았다.

그러나 사실 로라는 목이 아파서 누가 교대해주길 바랐다.

"그럼 미사키 씨. 하쿠 모자를 빌려줄게요."

"오오, 로라에몬 씨는 배포가 큽니다!"

로라는 하쿠 모자를 벗어 미사키의 머리에 씌워주었다.

미사키는 원하던 하쿠 모자를 얻어서 만족한 모습이지만 정작 하쿠는 정반대의 반응을 보였다.

"삐!"

조금 전까지 느긋하게 있던 게 거짓말인 것처럼 재빨리 일어나 로라의 머리 위로 날아갔다.

눈으로 따라잡을 수도 없는 속도다.

이렇게 빨리 움직일 수 있었나 깜짝 놀랄 정도다.

"우우…… 역시 로라에몬 씨의 머리여야 하는 겁니까……."

"아하하…… 뭐, 이 애도 크면 독립하겠죠."

"큰 다음에 머리 위에 태우면 눌려 죽고 말 겁니다."

그것도 그렇다.

"잡았다."

로라와 미사키가 하쿠 모자로 열을 올리는 사이에, 가장 먼저 낚시에 뛰어든 안나가 고기를 낚아 올렸다.

"큭…… 안나, 제법이군요. 하지만 다음은 내 차례예요!"

샬롯은 진심으로 분해했다.

그러나 다음으로 고기가 걸린 것은 미사키의 낚싯대였다.

그 다음은 로라였다.

"어, 어째서예요……?"

울상을 하고 물어도 나머지 세 사람이 알 리 없다.

모든 것은 고기의 마음에 달렸다.

"아무튼 여기는 고기가 잘 잡히네요. 우리 본가 근처에 있는 호수도 고기가 많지만 여기는 그 이상일지도 몰라요."

모두 합쳐 스물한 마리나 잡았다.

다만 샬롯은 한 마리도 잡지 못했다. 어지간히 슬펐던지 진심으로 눈물을 흘렸다.

"흑, 흐흑……."

"뚝 해요, 뚝."

안나가 엉엉 우는 샬롯을 쓰다듬으며 위로했다. 흐뭇한 광경이다. 우정은 아름답다.

"……어라? 고기가 줄지 않았어요?"

모두가 잡은 고기는 한곳에 모아뒀을 터다.

그런데 아무리 헤아려 봐도 열여섯 마리뿐이었다.

나머지 다섯 마리는 어디로 갔을까.

"설마…… 도둑?!"

"도둑이 일부러 이런 곳까지 와서, 고기를 딱 다섯 마리만 훔쳐 갈 것 같지는 않습니다만……."

미사키의 말은 지당하다. 그러나 실제로 고기는 사라졌다.

설마 발이 달려서 도망쳤을 리도 없다.

"삐—."

발밑에서 하쿠의 목소리가 들렸다.

그러고 보니, 조금 전까지 모자가 되어 있던 하쿠가 어느샌가 머리 위에서 사라져 있었다.

낚시에 집중하느라 신경도 쓰지 않았다.

"앗, 하쿠. 하쿠가 범인이었군요!"

"삐?"

보니, 하쿠의 입에서 고기의 꼬리가 튀어나와 있었다.

그러나 하쿠는 주눅 든 기색도 없이 그것을 꿀꺽 집어삼켰다.

백중대낮에 이 무슨 대담한 범행인가.

"안 돼요, 다 같이 잡은 고기를 허락도 없이 먹다니요!"

"그렇습니다. 날것보다 구운 게 더 맛있습니다!"

미사키는 논점이 빗나간 말을 했다.

"로라에몬 씨는 마법사입니다. 하쿠 님을 위해서 마법으로 고기를 구워줄 겁니다."

"아, 아뇨, 하쿠뿐만 아니라 다 같이 먹어요."

"그것도 좋습니다. 어쨌든 날것은 위험합니다."

물론 인간이 생선을 날로 먹는 건 위험할지 모르지만, 명백히 드래곤인 하쿠라면 괜찮지 않을까.

실제로 본인은 굉장히 맛있게 먹었다.

다만 고기를 굽는 것 자체는 찬성이다.

로라도 빨리 직접 잡은 고기를 먹어보고 싶었다.

그래서 로라는 고기를 평평한 바위 위에 늘어놓은 다음 손바닥으로 불꽃을 쐈다.

로라 정도가 되면 고기를 굽기에 적절한 화력의 불꽃을 쏠 수가 있다.

한쪽 면에 눌은 자국이 생기면 뒤집어서 다시 한 번.

"자, 알맞게 익었어요!"

"우와, 역시 로라에몬 씨입니다!"

"츄릅."

"이, 이 정도는 나도 할 수 있어요!"

그러고는 주변에서 적당한 나뭇가지를 주워와, 강물에 깨끗이 씻어 포크 대용으로 했다.

이제 먹을 준비는 다 됐다.

서둘러 입으로 가져갔다.

겉은 바삭하고, 알맹이는 촉촉했다.

맛있다. 엄청 맛있다.

"직접 잡은 고기는 맛있네요!"

"동감입니다."

"맛있어요."

"우물우물, 우물우물."

한 마리도 잡지 못한 샬롯까지 『직접 잡은 것으로』된 점이 의문이지만, 본인이 만족스러워 보이니 그걸로 됐다.

"자, 하쿠도 먹어요. 날것보다 맛있어요."

로라가 구운 생선을 내밀자 하쿠는 머리부터 덥석 물었다.

"삐잇!"

역시 신수의 혀도 생선구이의 맛을 느꼈는지 순식간에 한 마리를 해치웠다.

"조금 전에 날것을 다섯 마리나 먹었으면서 아직 배가 고픈 거예요? 그렇게 허겁지겁 먹지 않아도 고기는 많이 남아 있어요!"

하쿠는 두 번째 생선도 정신없이 먹었다.

그리고 세 개째를 입으로 가져가려던 그때.

바위 위에 나란히 놓인 생선구이를 가만히 바라보고는, 뭔가 생각에 잠긴 얼굴이 되었다.

"……왜 그러는 거예요? 하쿠?"

"삐이!"

하쿠는 크게 고개를 끄덕이더니 입에서 불꽃을 뿜었다.

그것은 무척이나 훌륭한 불꽃이었다.

조금 전에 로라가 뿜은, 생선을 굽기에 적절한 화력과는 전혀 다른 폭력적인 불꽃이다.

"하쿠 님, 굉장합니다! 아직 새끼인데 불꽃을 뿜을 수 있다니, 존경스럽습니다!"

"미사키 씨, 칭찬할 때가 아니에요! 고기가 재가 돼버렸잖아요…… 우우, 하쿠! 왜 이런 짓을 한 거예요?!"

지금은 혼내야 할 때라고 판단한 로라는 엄한 말투로 하쿠를 다그쳤다.

그러나 하쿠는 혼나는 것 자체를 알아채지 못한 모양인지, 새 까맣게 타버린 생선 앞에서 가슴을 힘껏 젖혔다. 그 모습은 무척 자랑스러워 보였다.

"……하쿠. 혹시 구우면 구울수록 맛있어진다고 생각했어요?"

"삐!"

말뜻은 모르지만 하쿠의 생각은 표정과 몸짓으로 알 수 있었다.

이건 완전히 훌륭한 일을 했다는 거다.

혼내려야 혼낼 수 없다.

그러나 하쿠의 자신감도 오래 가지는 않았다.

이미 음식이 아니게 된 생선을 하쿠가 덥석 물어뜯었다.

그리고 「삐이이이이!」 하고 비명을 내지르며 뱉어냈다.

당연하다. 보기에도 맛이 없어 보인다.

"나, 난 아직 두 마리밖에 안 먹었는데…… 흐흑."

샬롯은 뜬숯이 된 생선을 보며 눈물 뚝뚝 흘리기 시작했다.

이건 또 안나가 위로하게 해야지 하고 봤더니, 안나도 같이 울고 있었다.

"음식의 슬픔은 무엇보다 커……."

"으아, 두 사람 다 울지 마세요……. 어쩌지, 이건 내 잘못이에요……. 내가 하쿠의 부모인데 제대로 감독하지 못했어요…… 우아아앙!"

로라는 죄책감에 짓눌릴 것 같았다.

그런 로라를 보고 하쿠도 울기 시작했다.

"삐이이…… 삐이이이!"

"하, 하쿠 잘못이 아니에요…… 내가 똑 부러지지 못해서 이런 일이……."

"로라에몬 씨의 책임이 아닙니다. 그렇게 자책할 것 없어요……. 아아, 하쿠 님도 그만 울음을 그치십시오……. 어떻게 하면 다들

© 2017 Riichu

울음을 그치는 겁니까? 우아아아아앙!"

복잡기괴한 원인으로 그 자리에 있던 모두가 입을 벌리고 울기 시작했다.

파괴는 슬픔밖에 낳지 않는다.

그리고 슬픔은 연쇄된다.

그것이 오늘의 교훈이다.

그러나 사람들은 교훈을 금세 잊는다.

구체적으로 말하면 해질 무렵 마을 쪽에서 맛있는 냄새가 풍겨와, 냄새에 이끌려 걷기 시작했을 때는 까맣게 슬픔을 잊은 뒤였다.

※

도적단『잿빛 밤』은 오이세 마을 근처까지 와 있었다.

두목인 도끼술사는 한 명에게 정찰을 명령하고 자기를 포함한 다섯 명이서 대기하기로 했다. 잿빛 밤의 멤버는 모두 한때 뛰어난 모험가였다.

따라서 정면으로 습격해도 수인들을 몰살하는 것은 간단하다.

그러나 주의에 주의를 기울여 상황을 살핀 후에 행동으로 옮기는 것이 그들의 방식이었다.

"여어, 다녀왔어."

돌아온 정찰 담당이 마을의 상황을 간략하게 설명했다.

"동굴 앞을 지났는데 안쪽에서 굉장한 기운이 풍겨왔어. 어미하쿠는 아직 살아 있어. 하지만 알을 낳았으니 상당히 쇠약해져 있을 거야. 그리고 알 말인데, 이미 부화해버렸어. 그걸 축하하는지 마을 한가운데에 수인들이 모여서 잔치를 벌이고 있어."

"부화했나…… 그래도 문제없어. 아무리 신수라고 해도 갓 태어난 건 작은 동물이나 다름없다. 생포하면 비싸게 팔 수 있어."

신수를 애완동물로 만든다—.

평범한 인간이라면 감히 상상도 못할 발상이지만 그런 불경하기 짝이 없는 짓을 하고 싶어 하는 부자는 많다.

그리고 잿빛 밤은 그런 부자들과의 연결고리가 있다.

지금까지도 훔친 장물은 그 연줄을 이용해 팔아넘겨왔다.

"생포가 무리일 때는 어쩔 거지?"

"그때는 할 수 없지. 죽인다. 가치는 떨어지겠지만 사체라도 사고 싶어 하는 녀석은 널렸어. 신수 어미와 자식의 박제품은 호사가의 취미에 딱이지. 어차피 어미를 죽일 거야. 한 마리 더 죽인다고 달라질 건 없어."

도적들은 입꼬리를 끌어올리며 소리 없이 웃었다.

신살(神殺)—.

사회 악 같은 자신들이 이제부터 신성한 존재를 죽일 것이다.

그런 생각을 하자 가슴이 두근거렸다.

자신들을 내친 세상에 대한 훌륭한 복수가 될 것이다.

어쨌든 신수는 한 종 당 한 마리다.

다시 말해 어미와 자식을 둘 다 죽이면 하쿠라는 신수는 멸족 된다.

수많은 신수 중 한 종을 없앤다고 세상이 크게 바뀌는 건 아니다.

하지만 되돌릴 수 없는 상흔이 된다.

지금껏 잿빛 밤이 저질러온 범죄와는 근본적으로 다르다.

"그런데 한 가지 신경 쓰이는 게 있어. 오이세 마을에는 수인들만 살 텐데…… 인간 여자애가 셋이나 있었어. 게다가 그중 한 명은 길드레아 모험가 학교 교복을 입고 있었고."

"호오, 그곳 학생인가……."

장년의 검사가 낮은 목소리로 중얼거렸다.

그는 원래 길드레아 모험가 학교 학생이었다.

그러나 그 학교는 실력 없는 자에게는 가차 없는 곳이다.

아무리 해도 2학년에서 3학년으로 진급할 수 없었던 그는 스스로 학교를 나와 독학으로 검을 연마했다.

그리고 마침내 자력으로 C랭크 모험가까지 올라갔다.

그건 그의 자긍심이었다.

그런데 어느 날 길드레아 모험가 학교 졸업생과 팀이 됐다.

그 녀석은 졸업하지 못한 사실을 무시했다. 낙오자라며 우롱했다.

자긍심에 상처를 입은 그는 녀석의 머리를 검으로 두 동강 냈다.

그날 이후, 수배자가 신세가 되어 도적으로 전락했다.

"그 학생은 내가 죽인다. 괜찮겠지."

"그래, 좋을 대로 해. 그래도 왜 수인 마을에 인간이 있는 건지 신경 쓰여. 죽이는 건 그걸 확인한 다음이다. 알겠나?"

도끼술사는 그렇게 다짐을 두었다.

"알아. 학교에 다니는 엘리트 씨는 손가락 몇 개만 부러뜨리면 바로 실토할 거야."

그는 길드레아 모험가 학교에 대한 콤플렉스를 그대로 드러냈지만 누구도 그것을 비웃지 않았다.

잿빛 밤의 멤버는 모두 비슷한 과거를 갖고 있다.

압도적으로 뛰어난 재능 앞에 내동댕이쳐진 자.

스스로 용기가 있다고 생각했는데 마지막 순간 동료를 버리고 도망친 자.

반대로 동료의 배신으로 오명을 뒤집어쓴 자.

경우는 다양하지만 공통점은 좌절을 맛봤다는 것.

정도에서 벗어나버렸다는 것.

한 번 벗어났다 해도 노력하기에 따라서는 다시 원래 길로 돌아갈 수 있었다 따위의 정론을 펼치는 놈들은 모두 때려 죽였다.

그런 정론을 그대로 실행할 수 있는 자는 태생적으로 무언가를 가진 자다.

보통 사람은 그렇게까지 마음이 강하지 않다.

잿빛 밤의 멤버는 보통 사람이었다.

보통인 주제에 일류가 되려고 하다가 실패했다.

그리고 정도를 벗어난 이상, 차라리 추락할 때까지 추락하기로 마음먹었다.

벗어난 길에서라면 어쩌면 일류가 될 수 있을지도 모른다.

아니, 이미 벌써 일류 악이다.

잿빛 밤은 팔레온 왕국을 휩쓸고 다니는 최강의 도적단이다.

신을 죽이는 일조차 두려워하지 않는다.

"좋았어. 그럼 일단 수인들을 몰살하고 새끼 하쿠와 인간 계집들을 붙잡는다. 뭐, 아까도 말했듯이 어려울 것 같으면 생포하지 않아도 돼."

도끼술사의 지시와 함께 잿빛 밤은 움직이기 시작했다.

자기들이 지금부터 습격하려는 자들 가운데 누가 섞여 있는지는 알 도리가 없었다.

※

　장로들의 회의는 의외로 격렬했던 모양이다.

　신수 하쿠와 함께 산다는 것은 오이세 마을의 수인들의 긍지인
것이다.

　아무리 선대 하쿠가 로라에게 자기 새끼를 맡겼다 해도 「네, 그
렇군요」라고 수긍하고 싶지 않은 자들이 많았다.

　하지만 장로가 직접 선대 하쿠의 말을 들었다.

　더구나 로라는 그 대현자가 학장을 맡고 있는 학교의 학생이다.

　오이세 마을에서 왕도까지는 걸어서도 하루면 갈 수 있는 거리
다. 일단은 맡겨두고 상황을 지켜봐야 한다는 의견으로 최종 마
무리됐다.

　이로써 로라는 2학기에도 학교에 다닐 수 있게 됐다.

　아버지를 설득하고 신수를 모자로 삼은 파란만장한 여름방학이
었다.

　이제 『여름방학 숙제』라는 최강의 적이 남아 있지만 이건 생각
하지 않기로 하자.

　"로라 씨. 이번에는 하쿠 님의 일로 신세가 많았습니다. 앞으로
도 수고를 끼치게 됐지만, 부디 잘 부탁해요."

　장로가 머리를 숙였기에 로라도 황급히 머리 숙여 인사했다.

"저, 저야말로 신세가 많았어요. 하쿠는 제가 열심히 키울 테니 걱정하지 마세요!"

"삐—."

로라의 팔에 매달려 있던 하쿠도 같이 고개를 까딱했다. 다만 뜻을 알고 한 것은 아니리라.

"그럼 문제가 해결됐으니 잔치를 엽시다. 마을에서 기른 채소와 숲에서 따온 버섯을 넣은 전골을 준비했습니다."

그렇다. 마을의 중앙에서는 큰 냄비가 펄펄 끓고, 그곳에서 맛있는 냄새가 풍겨왔다.

로라는 아까부터 그게 신경 쓰여 견딜 수 없었다.

더욱이 하쿠 때문에 생선을 별로 먹지 못해 배가 고팠다.

맛있는 음식으로 대접해준다면 기꺼이 먹자.

"오이세 마을에서 기른 채소는 정말 맛이 좋습니다. 많이 드십시오."

미사키가 말할 것도 없었다.

로라뿐만 아니라 샬롯과 안나도 눈을 반짝이며 수인들 틈에 끼어들어 냄비를 둘러쌌다.

건네받은 접시에 담긴 호박색 수프는 한눈에도 먹음직스러워 보였다.

스푼으로 한 입 먹었다.

믿을 수 없이 진한 풍미다.

다음으로 고기를 건져 먹었다. 소고기다. 스르륵 녹을 정도로 부드러웠다.

"삐—."

하쿠도 땅에 앉아 자기 접시에 코를 박고 수프를 꿀꺽꿀꺽 마셨다.

신수도 인정한 맛인지 몹시 만족한 울음소리를 냈다.

"정말 맛있어. 수인의 요리는 굉장해."

"정말 굉장해요. 가자드 가문에서 이곳 채소를 사들이고 싶을 정도예요."

안나와 샬롯도 싱글벙글 웃으며 수프를 먹었다.

이 마을에 오기 전까지 로라는 수인과 친해질 수 있을지 약간 걱정했었지만 전혀 문제없었다.

세상사 음식이 맛있으면 대부분의 문제는 해결되는 법이다.

"가자드 가문이라면 그 마법사 가문 말이군요. 혹시 진짜 오이세 마을의 채소가 필요하면 거래하지요. 이 마을은 종종 인간 상인이 찾아오니까요. 다른 수인 마을보다 유연합니다."

장로는 그렇게 말하고는 당근을 입에 넣었다.

"그거 굉장하네요. 그럼 이번에 본가에 가면 부모님께 말씀드려 볼게요!"

아무리 맛있다고 해도 개인이 이런 깊은 산속에서 채소를 사들이려고 하다니, 부자는 발상부터가 다르다.

샬롯의 본가는 얼마나 으리으리할까.

꼭 한 번 놀러가고 싶다.

"그런데 학장님은 아직 동굴에 계세요?"

"흠…… 그러고 보니 보이지 않는군요."

부르러 갈 필요는 없으리라.

대현자와 선대 하쿠가 이야기하는 건 분명 이번이 마지막이므로 오히려 방해해서는 안 된다.

"잘 먹었습니다! 정말 맛있었어요!"

수프 접시를 깨끗이 비우고 모두 수인들에게 고마움을 표시했다.

그러자 그들은 웃으며 「천만에요」라고 했다.

"여러분, 오늘은 어떻게 하시겠습니까? 이미 해가 다 졌는데…… 묵고 간다면 방을 내어드리겠습니다!"

"으음…… 학장님도 안 돌아오셨고, 묵고 가는 게 좋을 것 같아요."

"나도. 배불러서 움직이기 싫어."

"어머, 두 사람도 참, 볼썽사납게. 소녀는 과식하지 않아요!"

"그러는 샬롯도 많이 먹었잖아."

"나, 나는 그래 봬도 조절한 거예요!"

"위장이 엄청 크단 소리야?"

"우우……!"

샬롯이 안나의 논리에 굴복한 그때였다.

로라는 마을 밖에서 이쪽을 노리는 적의를 감지했다.

동시에 공격 마법이 날아들었다.

"다들 엎드리세요!"

외쳤지만 누구도 반응하지 않았다.

당연하다.

지금까지 즐거운 분위기였는데 갑자기 위기감을 가질 리가 없다.

그래서 로라는 모두를 지키기 위해 돔 형태의 방어 결계로 주위 일대를 감쌌다.

그 반투명한 벽에, 마을 밖에서 날아온 공격 마법이 충돌했다.

거센 폭발이 일어나 숲의 나무들이 활활 타올랐다.

그러나 결계 안쪽에는 불똥 하나 튀지 않았다.

하지만 소리와 빛이 수인들의 공포를 부추겼다.

"무, 무슨 일이지?!"

"마을 밖에서 공격이……?"

"저런 위력의 공격이 가능한 몬스터는 이 주변에 없어!"

"하쿠 님, 지켜주세요……!"

"인간이 한 짓 아냐?"

"그래. 인간이 수상해."

"예전처럼 우리를 괴롭히려는 거겠지!"

단 한 번의 공격 마법으로 혼란은 걷잡을 수 없이 커져갔다.

당연히 로라 일동에게는 수인을 공격할 이유 따위 없다.

그런데도 수인들은 의혹의 눈길을 향해왔다.

이 마을은 대현자 덕분에 인간과도 교류해왔다.

그리고 바로 조금 전까지만 해도 로라 일동과 즐겁게 식사를 했다.

그러나 그럼에도 불구하고 인간과 수인 사이에는 메우기 힘든 골이 있는 것이리라.

막상 이렇게 패닉 상태가 되면 그 골이 표면으로 드러난다.

로라는 어쩌면 좋을지 몰라 그대로 굳어버렸다.

"다들 진정해!"

그 혼란을 깨듯이 장로의 호통이 울려 퍼졌다.

"로라 씨는 하쿠 님이 선택한 인간이다. 그런 로라 씨가 우리를 공격할 리가 없어. 실제로 이렇게 결계를 쳐서 지켜주지 않았나! 지금 이 공격이 인간의 짓이라 해도 로라 씨 일행과는 무관해!"

장로 덕분에 수인들은 다소 얌전해졌다.

그러나 공격해온 범인을 밝혀내지 않는 한 누구도 안심할 수는 없을 것이다.

"좋았어! 그럼 제가 숲에 들어가서 범인을 잡아올게요. 결계는 제가 없어도 한 시간 정도는 버텨줄 테니까 괜찮아요. 그러니 미사키 씨. 하쿠를 잠시 부탁해요."

"그러겠습니다. 자, 하쿠 님. 이쪽으로 오십시오!"

미사키는 땅에 앉아 있던 하쿠에게 팔을 뻗었다.

그러나 하쿠는 그걸 슬쩍 피해 로라의 허벅지에 매달렸다.

"삐!"

"하쿠! 놀러 가는 게 아니에요. 여기서 기다려요!"

"삐이!"

틀렸다. 하쿠는 전혀 떨어지려 하지 않았다.

"로라. 억지로 하쿠를 두고 갈 건 없잖아요? 로라의 곁이라면 어떤 의미로는 세상에서 제일 안전해요."

"나도 같은 생각이야. 적이 누군지는 모르지만 학장님만 아니라면 쉽게 이길 거야."

"아뇨…… 학장님일 리는 없을 거예요……. 조금 전의 공격 마법으로 볼 때 이번엔 쉽게 이기겠죠."

로라는 솔직한 감상을 말했다.

자만할 생각은 없지만 숲에서 공격해온 녀석의 역량은 로라의 입장에서는 잡어.

적어도 에밀리아보다도 약하다. 아니, 샬롯이라도 이길 수 있을 것이다.

따라서 상대가 몇 명이든 고전하는 일조차 있을 수 없다.

"그럼 우리도 로라와 함께 갈게."

"로라 아버지한테 배운 검술로 적을 무찌를 거야."

뭐, 이 두 사람이 그렇게 말하리라는 것은 알고 있었다.

그래서 로라도 막지는 않았다.

단란한 분위기를 방해받은 것에 대한 분노를 셋이서 푸는 거다.

"삐ㅡ."

세 사람과 한 마리가 푸는 거다!

※

잿빛 밤은 마법으로 선제공격을 해 마을을 패닉에 빠뜨릴 계획이었다.

그러나 그 마법은 방어 결계에 의해 차단당했다.

덕분에 역으로 잿빛 밤이 패닉에 빠졌다.

"어떻게 된 거야! 설마 안에 있는 길드레아 모험가 학교 학생이 결계를 친 건가……?"

두목인 도끼술사는 예상치 못한 사태에 물러나야 할지 남아야 할지 판단을 내리지 못했다.

"말도 안 되는 소리 마. 내가 본 건 애송이였어. 그 정도로 강력한 결계를 칠 수 있을 리 없어. 수인 중에 마법사가 있었나…… 아니면 다른 누군가가 또 있었나……."

정찰 담당이었던 남자는 자신 없이 말했다.

그리고 이 중에서 가장 낭패한 사람은 마법을 쏜 자였다.

"한가하게 떠들 때야?! 잘 들어! 난 이래 봬도 B랭크 마법사다.

그런 내 마법을 막았다고! 그 결계 속에는 A랭크 마법사가 있다는 거야……. 하쿠를 빼돌리기는커녕 자칫 잘못하면 우리가 역습을 당할 판이라고!"

A랭크— 그 말을 들은 모두의 얼굴이 새파랗게 질렸다.

모험가 길드가 정한 랭크는 S부터 G까지였다.

S랭크는 현재 대현자가 유일하므로 실질적인 최고 랭크는 A가 된다.

그리고 A랭크와 B랭크 사이에는 큰 격차가 있었다.

B랭크는 말하자면 베테랑 모험가. 노력으로 도달할 수 있는 영역이다.

반면 A랭크 모험가는 드래곤을 단독으로 쓰러드릴 수 있는 자다.

이미 사람의 영역을 뛰어넘었으며 일부 천재만이 그 경지에 다다를 수 있다.

잿빛 밤의 멤버 중에 B랭크는 이 마법사와 두목인 도끼술사뿐이다.

나머지 네 명은 C랭크로, 정도(正道)에서 낙오된 자들이다.

이 정도 전력으로는 A랭크 마법사와 싸우는 것은 도저히 불가능하다.

지금이라도 포기하고 물러나는 것이 사는 길이다.

"도망치자고. 목숨보다 귀한 건 없어."

"어이, 한심한 소리 마. 우린 쓰레기나 다름없어. 목숨을 아까워해서 어쩌자는 거야."

"그렇다고 해도 개죽음당하는 건 무의미해."

상대가 자기보다 약할 때는 더할 나위 없이 강한 그들이지만 상대가 A랭크일지도 모른다는 것을 아는 순간 비굴해졌다.

그래서 그들은 정도를 걸을 수 없었고 도적단 따위로 전락한 거다.

"쉿. 조용. 결계에서 누군가가 나왔어……."

도끼술사가 조용히 중얼거렸다.

그 결계는 견고하지만 안에서 밖으로 나오는 것 정도는 제약이 없어 보였다.

세 소녀가 조금의 경계심도 없이 밖으로 나왔다.

"저 녀석들이야. 내가 본 인간 꼬맹이는 저 셋이야."

"그렇군. 확실히 한 명은 모험가 학교 교복을 입었어……. 녀석은 내가 죽인다."

"그것보다, 봐. 제일 작은 녀석이 하쿠 새끼를 안고 있어!"

잿빛 밤은 흥분했다.

이유는 모르지만 A랭크 마법사의 모습은 어디에도 없었다.

결계 밖으로 나온 것은 저 아이들뿐이다.

이 기회를 놓칠 수는 없다.

덮쳐서 단숨에 하쿠를 빼앗아야 한다.

"가자고!"

도끼술사가 호령했다.

먼저 노릴 것은 하쿠를 안은 소녀다.

그 소녀가 가장 약해 보인다는 것이 행운이었다.

교복을 입은 소녀는 거대한 검을 짊어지고 있었다. 허세라고 해도 경계가 필요하다.

금발 소녀는 표정이 자신감으로 가득 차 있고, 예사롭지 않은 분위기를 풍겼다.

그러나 가운데에 있는 가장 작은 소녀만은 허리에 검을 차긴 했지만 어느 무엇도 해칠 것 같지 않은 얼굴을 하고 있다.

한 방에 죽인 뒤 하쿠를 가로채고, 남은 두 명도 충격에서 회복되기 전에 죽이는 거다.

그리고 그대로 A랭크가 나오기 전에 자리를 뜬다.

완벽한 계획이다. 빈틈은 없을 터—.

"흐음? 악당들을 찾았어요!"

제일 작은 소녀가 그렇게 외친 순간, 잿빛 밤은 보이지 않는 망치에 맞은 것처럼 튕겨 날아갔다.

"뭐, 뭐야, 지금 이건?!"

모두 간신히 낙법을 하긴 했지만 온몸에 둔한 통증이 스쳤다.

그러나 몸에 받은 충격보다 무슨 일을 당한 건지 모른다는 불길함이 문제였다.

저 소녀 짓인가?

아니다, 설마.

아직 열 살도 먹지 않은 듯한 아이가 무영창으로 어른 여섯을 날려 보낸다는 이야기는 금시초문이다.

"쯧…… 결계 안에 있는 A랭크 짓인가? 기습은 실패했다. 도망치자!"

"도망치게 내버려둘 것 같나요?"

잿빛 밤은 뒤돌아 숲 속으로 도망치려 했다.

그러나 벼락 정령이 그들을 막아섰다. 그 숫자는 무려 열 마리다.

"끼였어?!"

아무래도 결계 안에 있는 마법사는 예상보다 훨씬 교활한 모양이다.

아이를 미끼로 상대의 방심을 유도하다니, 발상이 악당이다.

그러나 제 꾀에 제가 넘어간다라는 속담도 있다.

하쿠를 밖으로 내보낸 건 실수였다.

이쪽이 하쿠를 인질로 삼는 데 성공하면 형세는 역전된다.

상대는 아무것도 못 하게 될 터다.

"길드레아의 학생! 넌 내가 벤다!"

장년의 검사가 대검을 든 소녀를 향해 돌진했다.

"……좋아. 상대해줄게."

서로의 검이 격렬히 충돌하고, 밤의 어둠에 불꽃이 튀었다.

어른과 아이의 싸움인데도 소녀는 조금도 물러서지 않았다.

물러서기는커녕 장년 검사의 참격을 교묘히 처리하고 정확하게 반격까지 펼치는 게 아닌가.

"윽!"

장년 검사는 버티지 못하고 뒤로 풀쩍 물러났다.

그러자 대검 소녀는 그 즉시 계속 검을 내질렀다.

그것은 섬광처럼 빠르고 또한 묵직하다.

장년 검사는 간신히 튕겨냈지만 칼날이 나가고 말았다.

그 후로도 오직 소녀가 공격을 이어갔고 장년 검사는 계속 방어만 할 수밖에 없었다.

"안나만 돋보이게 할 순 없어요. 자, 벼락의 정령들, 해치워버려요!"

금발 소녀의 말에 따라 벼락 정령들이 일제히 잿빛 밤에게로 달려들었다.

그러나 마법사라면 이쪽에도 있다.

그것도 B랭크다. 상대가 벼락 정령이라도 충분히 맞설 수 있다.

"하앗!"

이쪽의 마법사가 땅에 손을 얹고 마력을 흘려보냈다.

그러자 땅이 솟구쳐 벼락 정령의 진행을 막았다.

"어머나, 제법이네요. 하지만 벼락은 반드시 곧장 나아가지만은 않아요."

흙벽 안쪽에서 섬광이 하늘로 치솟았다.

그것은 머리 위에서 하나로 뭉쳐져 잿빛 밤을 향해 떨어져 내렸다.

다시 말해, 낙뢰다.

"—쯧!"

도끼술사가 그것을 피할 수 있었던 것은 단순한 감이었다.

어쨌든 B랭크까지 오른 경험이 위험을 감지하고 본능적으로 몸을 움직인 거다.

땅을 굴러 동료들에게서 멀어졌다.

그럼에도 어렴풋이 마비를 느꼈지만 낙뢰가 떨어진 곳과는 조금 멀다.

그리고 일어나 얼굴을 들자, 동료 네 명이 감전당해 쓰러져 있었다.

남은 것은 자신과 장년의 검사뿐이다.

그러나 그 장년의 검사도 바로 지금 대검 소녀에게 패배했다.

검이 튕겨 날아간 직후, 배를 세게 걷어차이고 기절했다.

위액을 토하면서 쓰러져 귀신 같은 형상으로 변했다.

"어째서…… 학교 졸업생보다 강해졌을 텐데…… 왜 이런 학생 따위한테 져야 하냐고……!"

"……솔직히 약했어. 강화 마법을 쓰지 않고도 쉽게 이겼어."

대검 소녀는 그렇게 중얼거린 뒤 다시 한 번 장년 검사의 배를 걷어차 기절시켰다.

이로써 진짜 도끼술사만 남게 됐다.

"이렇게 된 이상, 이판사판이다!"

결계 안에 있는 A랭크뿐만 아니라 두 소녀까지 강한 것을 몰랐다는 것은 완전한 오판이었다.

그러나 하쿠를 안은 소녀만은 약할 터다. 약해라.

그런 바람을 안고 돌진해, 작은 소녀에게 도끼를 휘둘렀다.

이 소녀를 죽이고 하쿠를 가로채 인질로 삼고 도주하면 아직 역전의 기회는 있다.

동료를 구할 수는 없지만 그게 어쨌단 말인가.

이 기회에 혼자 살아남으면 그걸로 족하다.

오히려 하쿠를 팔아넘긴 돈을 나누지 않아도 된다.

그렇다. 아직 아무것도 끝나지 않았다.

이 소녀가 죽으면 그걸로 모든 게 해결된다.

죽어라죽어라죽어라죽어라죽어라죽어라죽어라죽어라—.

"하품이 나올 것 같은 공격이네요~."

해결은, 되지 않았다.

눈앞에 있는 작은 소녀가 한 손으로 도끼를 막아냈기 때문이다.

특별히 힘을 준 기색도 없었다.

날아온 빨래를 받아내듯이 이쪽이 가한 혼신의 일격을 두 손가락 사이에 끼워서 막았다.

"하지만 도끼는 써본 적이 없어요. 잠시 빌려주세요."

작은 소녀는 손가락 힘만으로 도끼를 가져갔다.

"으음…… 검하고는 무게 균형이 완전히 다르네요. 다루기 어려워 보여요……. 에잇!"

그러고는 한 손으로 허공에 도끼를 휘둘렀다.

뭔가를 때린 것은 아니었다.

그런데도 폭발음과 함께 돌풍이 일어났다.

이미 도끼를 잃은 도끼술사는 소녀의 휘두름 한 번에 날아가 엉덩방아를 찧었다.

"역시 다루기 어렵네요. 걸리적거리니까 넣어버려요."

소녀의 손에서 도끼가 사라졌다.

어둠 탓에 보이지 않은 것도 아니고 불꽃 마법으로 녹인 것도 아니다.

처음부터 그런 물건은 없었던 것처럼 사라져버렸다.

"이……인간이 아니야!"

"무슨 말을! 난 인간이에요, 평범한 소녀예요! 그렇죠? 하쿠?"

"삐—."

소녀의 한쪽 팔에 안긴 하쿠가 이쪽을 쳐다보더니 불쑥 입을 쩍 벌리고 불꽃을 뿜었다.

"으아아악?!"

몸집은 작으면서 화력은 발군이었다.

불덩이가 된 도끼술사는 데굴데굴 굴러 불을 끄고, 일어나 필사적으로 달렸다.

방향도 제대로 확인하지 않고 오로지 숲을 질주했다.

그 세 소녀는 뭐였지?

특히 하쿠를 안은 소녀는 완전히 괴물이 아닌가.

그런 게 이 땅에 존재하는 것만으로도 공포다.

그 이상의 공포 따위 상상도 할 수 없다.

일단 도망치자. 그리고 도적 판에서 발을 빼자.

남은 인생, 뭘 하면 좋을지 몰라도 얌전히 살자.

그 소녀에게서 도망칠 수만 있다면 다시 시작할 수 있을 터다.

"……여긴, 동굴? 어미 하쿠가 있다는 곳인가. 하지만 오라가 전혀 느껴지지 않아."

정찰 담당이었던 남자는 동굴 안쪽에서 하쿠의 낌새를 느꼈다고 했는데 말이다.

혹시 자기들이 싸우는 사이에 죽은 걸까.

그렇다면 어미 하쿠의 사체 일부라도 가지고 가자.

비늘 몇 장만 건져도 당분간 생활할 돈이 된다.

"헤헤…… 악운이 조금은 남아 있었던 모양이군."

도끼술사는 어두운 동굴을 손으로 짚어가며 나아갔다.

불빛이 없는 것은 불편했지만 그 소녀들에게 들킬 가능성이 낮으니 오히려 잘된 일이다.

※

벽에 손을 짚고 천천히 안쪽으로 걸어갔다.

그러나 어둠 속에서는 발밑이 보이지 않아서 불안했다.

예상대로 큰 돌에 발이 걸려 넘어졌다.

"저런, 저런, 괜찮아?"

그때, 여성의 목소리가 들리더니 차가운 손이 도끼술사의 팔을 부축해 일으켜주었다.

"아아…… 고마워."

반사적으로 말했지만, 뭔가 이상했다.

이 녀석은 누구지? 왜 이곳에 있지?

그리고, 이 위압감은 뭐지?

도끼술사는 반사적으로 주먹을 뻗었다.

눈은 보이지 않지만 목소리가 들린 쪽을 향해 마구 휘둘렀다.

그러나 주먹은 막히고 말았다.

그리고 그대로 짓이겨졌다.

"끄아악······!"

으드득 소리를 내며 손가락뼈가 모조리 부서졌다.

다음 순간, 동굴 전체가 밝아지고 주먹의 참상이 시야에 들어왔다.

피부를 뚫고 뼈가 튀어나와 있었다.

이건 이미 회복이 불가능할지도 모른다.

"이 자식······ 무슨 짓이냐!"

"너야말로 이런 데서 뭘 하는 거지? 신수 하쿠 앞이야. 조용히 해."

도끼술사가 내뱉은 말에 얼음처럼 차가운 목소리가 돌아왔다.

그 목소리의 주인은 은발의 여성이었다.

나이는 스무 살 전후.

흠 잡을 데 없는 미인으로 길에서 마주쳤다면 틀림없이 말을 걸었을 것이다.

그러나 도끼술사는 그 이상 말할 수 없었다.

딱히 입을 막힌 것은 아니다.

꼼짝 못하게 묶인 것처럼 몸이 움직이지 않았다.

마법? 아니다, 단순히 공포 탓이다.

"대……."

겨우 침을 삼키고 간신히 입만 움직였다.

"대, 현자……?!"

백삼십 년 전, 하쿠와 함께 마신을 무찌른 영웅.

살아 있는 전설 칼로테 길드레아가 눈앞에 있었다.

물론 도끼술사가 그녀를 직접 본 것은 이번이 처음이다.

그러나 전해들은 풍모와 일치했고, 무엇보다 이런 괴물 같은 기운을 내뿜는 존재가 대현자가 아니면 뭐란 말인가.

"꽤 시끄러웠어. 다 들었어. 신수를 산 채로 잡아서 팔아넘긴다니, 분수를 몰라도 정도가 있지. 잔챙이면 잔챙이답게 작은 사냥감을 노리면 될 걸, 괜히 우쭐해서 이런 곳까지 들어오니까 나랑 만나는 거야. 하지만 악운이 강하네. 하쿠가 죽고 난 뒤에 왔으니까. 그 점은 칭찬해줄게. 분위기 파악을 잘했어. 만약 5분만 더 빨리 와서 나와 하쿠의 시간을 방해했다면…… 지금쯤 넌 다진 고기가 됐을 거야."

그렇게 말한 대현자는 누워 있는 하쿠의 머리를 쓸어 올렸다.

하쿠는 더 이상 움직이지 않았다.

알을 낳은 이상, 이렇게 되는 것은 정해져 있었다.

딱히 잿빛 밤이 죽인 게 아니다.

그러나, 그럼에도 불구하고 신수의 마지막을 더럽힌다는 것의 의미를, 도끼술사는 온몸으로 맛보고 있었다.

대현자의 눈동자가 분노로 타올랐다.

그 불꽃이 자기에게 옮겨 붙는 것 같은 착각이 들었다.

숨이 막혔다.

실제로는 아무것도 당하지 않았지만 괴로워서 견딜 수 없었다.

"안심해. 이곳을 더럽히고 싶진 않으니 목숨만은 살려줄게."

대현자가 중얼거리자 도끼술사의 몸이 가라앉기 시작했다.

"큭?!"

땅에 구멍이 뚫린 걸까.

아니, 아니다.

잘은 설명할 수 없지만 땅이라기보다 공간 자체에 구멍이 뚫린 느낌이다.

그렇다. 아까 소녀가 도끼를 사라지게 했을 때도 이런 느낌이었다.

"이…… 괴물들이!"

극심한 공포와 이질감에 도끼술사는 오히려 돌변해서 외쳤다.

"너희 같은 괴물들이 인간들 틈에 섞여 있으니까 우리가 제대로 된 길을 못 걷는 거야! 괴물은 괴물끼리 살란 말이다! 왜 우리들 판에 기웃거리느냔 말이다! 웃기지 말라고!"

자기가 활약하지 못한 것은 자기보다 뛰어난 자가 있어서.

© 2017 Riichu

결국은 그런 이야기고, 그것이 뻔뻔한 주장이라는 것을 알 만한 분별력은 있었다.

　그런데도 말하지 않을 수 없었다.

　나에게 재능이 있었으면 좋을 텐데. 그렇게 생각하는 게 뭐가 나쁜가. 재능이 있는 자는 그렇지 못한 자의 기분 따위 모른다.

　"그렇게 말해도, 같은 세상에 태어났으니 어쩔 수 없잖아. 아무리 그래도 많이 한심하네. 언제 어디서 좌절했는지 모르지만 그런 경험이 없는 나는 네 심정 따위 몰라. 샬롯이나 안나와 비교하면 넌 그냥 떼를 쓰는 것뿐이야. 절망적인 격차를 알고도 절망하지 않는 사람은 얼마든지 있어. 어리광 부리지 마."

　대현자의 비웃음 같은 말을 들으면서, 도끼술사의 몸은 구멍 속으로 삼켜졌다.

　그런 소리를 들어도 분노밖에 솟지 않는다.

　절망적인 격차를 알고도 절망하지 않는다?

　그런 녀석은 결국은 강한 게 아닌가.

　"네놈들은 약한 녀석들의 마음 따위 평생 모르겠지……."

　"맞아. 하지만 그렇게 말한다면「개미」를 밟지 않으려고 조심하는 내 기분도 넌 모르잖아?"

　개미. 대현자는 그렇게 단언했다.

　설마 그렇게까지 완벽히 무시당할 줄은 몰랐다.

아아, 역시 모른다. 알 리가 없다.

생물로서의 종이 다르다.

적어도 이 대현자는 태어나서 한 번도 일반인의 시선에 섰던 적이 없으리라.

시선을 맞추고 싶어도 분명 무리다.

그래서 적어도 밟지 않도록 조심하고 있다.

그런 내 마음을 아느냐고, 대현자는 물어왔다.

"빌어먹을 여자."

그것이 도끼술사의 대답이었다.

"어머, 그래? 뭐, 괜찮아. 하쿠가 없어도 나한테는 로라가 있으니까."

그리고 도끼술사는 완전히 어둠 속에 삼켜졌다.

※

도끼술사가 달아났지만 로라 일동은 당황하지 않고 천천히 뒤를 쫓았다.

왜냐하면 도끼술사가 도망친 방향은 선대 하쿠가 있는 동굴.

다시 말해 대현자가 기다리고 있는 곳이기 때문이다.

"학장님. 여기에 누가 오지 않았어요?"

동굴 안은 마법으로 밝아져 있었다.

누워 있는 선대 하쿠와 대현자만이 불빛에 비치고, 방금 도망친 도끼술사는 없었다.

"왔었어. 귀찮게 굴어서 차원 창고에 가둬버렸어."

"오오, 역시 학장님이세요! 차원 창고에는 그런 용도가 있었네요. 배웠어요!"

"너희야말로 도적을 다섯 명이나 해치우다니 대단하잖아! 샬롯과 안나도 대활약을 했어."

"어라? 학장님, 보셨어요?"

"마음만 먹으면 보지 않아도 주변 상황을 알 수 있어."

"와아…… 굉장해요."

로라는 순수하게 감탄하며 중얼거렸다.

현재로서는 아무리 용을 써도 대현자를 이기지는 못할 것 같다.

이렇게 가까이에 강한 어른이 있어서 로라는 괴물 취급을 받지 않아도 되었다.

만약 대현자가 없다면…… 아니, 이런 가정은 무의미하다.

입학 첫날, 대현자가 양호실에서 말을 걸어오지 않았더라면 마법사가 되는 일은 없었을 것이므로.

그러나 동경만 해서는 성장할 수 없기에 언젠가 반드시 따라잡을 것이다.

그리고 싸워서 이길 것이다.

"나, 나도 집중하면 눈을 감아도 주변 상황을 감지할 수……."

샬롯은 분한 듯이 중얼거렸다.

아무래도 로라와는 다르게 『언젠가』가 아니라 『당장』 따라잡고 싶은 모양이다.

참 그녀다운 사치다.

그 넘칠 듯한 향상심이 샬롯 가자드라는 소녀를 형성하고 있는 거다.

"잠 와. 빨리 자고 싶어."

그리고 안나는 마이페이스적인 말을 했다.

대현자의 능력에 대해 생각하는 바가 없는 모양이다.

그렇다고 그녀의 향상심이 부족하다고는 할 수 없다.

안나의 경우는 『누군가』보다 『현재의 자신』보다 강해지는 것이 중요한 거다.

아직 사귄 지 몇 개월 되지 않았지만 로라는 그것이 보이기 시작했다.

"그런데 학장님. 선대 하쿠가 아까부터 움직이지 않는데, 잠든 거예요?"

"……맞아. 방금 잠들었어. 이제 깨지 않을 거야."

대현자는 잠든 선대 하쿠의 코끝을 부드럽게 쓸어 올렸다.

그때, 그녀의 표정은 그늘에 가려져 로라에게는 잘 보이지 않았다.

"엣, 이제 깨지 않는다니…… 혹시……."

"그래. 동굴에 들어왔을 때 못 느꼈어? 신수의 오라가 없었잖아. 마지막을 지킬 수 있어서 다행이야."

마지막.

아아, 이렇게 될 거라는 것은 알았다.

그러나 로라는 같이 대화를 나눴던 자가 죽는 경험은 처음이었다.

불과 얼마 전에 선대 하쿠는 로라에게 새끼를 맡겼었다.

분명히 대화했었다.

하지만 그는 이제 말이 없다.

죽는다는 것은 무척 슬픈 일이라는 것을, 로라는 실감을 통해 깨달았다.

"학장님…… 괜찮으세요?"

그리고 대현자의 슬픔은 로라에 비할 것이 아니리라.

백삼십 년지기 친구의 죽음.

괜찮을 리가 없다.

로라도 샬롯과 안나가 죽는 장면을 상상하는 것만으로도 울음이 나올 것 같다.

대현자도 울고 싶을 거다.

"괜찮아. 이 정도 나이가 되면 친구와의 이별에는 익숙해지니까."

"그런, 가요……."

정말로? 삼백 년 가까이 살다보면 정말로 그렇게 되는 걸까?

"삐이이."

로라가 고개를 숙이자 팔에 안겨 있던 하쿠가 슬프게 울었다.

주변의 분위기를 감지하고 하쿠까지 마음이 울적해진 건지도 모른다고, 로라는 처음에는 그렇게 생각했다.

그러나, 아니었다.

하쿠는 품에서 뛰쳐나가 파닥파닥 날갯짓해 선대 하쿠의 이마에 매달렸다.

"삐이…… 삐이……."

울음소리를 냈다. 아니, 울었다.

"하쿠…… 저 분이 진짜 엄마인 걸 알고 있었던 거예요?"

"삐이……."

말을 모르니 진위도 알 수 없다.

하지만 하쿠는 분명 어미에게 매달려 울고 있다.

"……죽었을 때 자기 자식이 울어주다니, 복이 많네……."

대현자는 중얼거리며 선대 하쿠의 머리를 팔로 감싸 안았다.

그때 그녀의 뺨을 타고 눈물 한 방울이 떨어져 내리는 것을, 로라는 똑똑히 보았다.

"샬롯, 안나. 우린 잠시 비켜줘요."

로라가 작게 속삭이자 두 사람 모두 고개를 끄덕였다. 그리고 조용히 동굴을 빠져나왔다.

어느샌가 가랑비가 내리고 있었다.

※

선대 하쿠의 죽음은 오이세 마을 수인 모두를 슬픔에 빠뜨렸다.

그 넋을 천계로 보내기 위해 이른 아침 무녀 미사키가 동굴 앞에서 춤사위를 벌였다.

그리고 불을 지펴 하늘 높이 연기를 피워 올렸다.

사체는 분담해서 땅에 묻는다고 한다.

연기와 함께 선대 하쿠의 영혼은 천계로 올라가고, 육체는 대지와 하나가 되는 거다.

"로라에몬 씨 일행 분들한테는 신세를 졌습니다. 선대님은 우리가 묻어드리겠습니다. 새로운 하쿠 님을 잘 부탁드립니다."

그렇게 일행은 왕도로 귀환했다.

로라 일동 세 명은 기숙사로 돌아와 하쿠와 함께 씻고 방에서 쉬기로 했다.

단지 수인들과 의논을 하러 간 것뿐인데 생각보다 여러 가지 일이 일어나서 정신적으로 피로했다.

대현자는 그 도둑 6인을 차원 창고에 넣어서 위병들에게 데리고 간다고 했다.

그것에 관해서는 전적으로 맡겼으니 문제없을 것이다.

애당초 도둑 따위는 로라의 안중에 없었다.

선대 하쿠와 어린 하쿠의 주변에 얼쩡대던 날벌레 같은 존재다.

중요한 것은 남은 여름방학을 실컷 즐기는 것이다.

그 밖에도 뭔가가 있었던 것 같기도 하지만 떠오르지 않는다는 것은 별로 중요하지 않다는 뜻이리라.

다음 날.

세 명과 한 마리가 달라붙어서 자고 있는데 이른 아침 누군가가 쾅쾅쾅 거칠게 문을 두드렸다.

"이 시간에 뭐예요……."

샬롯은 투덜거리면서 일어났다. 안겨 있던 로라도 같이 일어나야 했다.

자고 있었는데 억지로 안아 일으키는 데다가 시끄럽게 문을 두드리는 소리가 나면 숙면 따위 바랄 수 없다.

"삐……."

이불 위에서 둥글게 몸을 말고 있던 하쿠도 싫은 듯이 얼굴을 들었다.

그러나 안나만은 여전히 푹 잠들어 있다.

존경할 만하다.

아무튼 정말 누가 문을 두드리는 걸까.

벽시계를 보니 바늘은 여섯 시를 가리키고 있었다.

로라 일동이 심하게 늦잠을 자고, 태양과 달이 취한 게 아니라면 지금은 아침 여섯 시다.

"항의할 거예요……."

샬롯은 토끼 잠옷을 입은 채로 문을 열었다.

"이봐요, 지금 몇 시라고 생각하는 거예요…… 앗, 미사키 씨?!"

문 밖에 있었던 것은 수인 무녀, 미사키였다.

"오오, 샬롯 씨. 귀여운 토끼 모습이군요!"

그렇게 말하며, 미사키는 샬롯을 끌어안고 바닥에 밀어 쓰러뜨렸다.

"뭐, 뭐예요? 갑자기! 간지러워요!"

샬롯이 버둥거리며 몸부림쳤지만 미사키는 놓아주지 않았다.

토끼와 여우가 장난치는 모습은 무척 흐뭇하다.

그러나 이른 아침부터 그러는 것은 이웃에게 민폐다.

여름방학도 끝이 가까워져 본가로 돌아갔던 학생들도 돌아오고 있었다.

힘으로라도 말려야 한다.

"미사키 씨, 각오해요!"

로라는 미사키에게 달려들어…… 그 꼬리를 쓰다듬었다.

"꺄아앗! 간지럽습니다!"

미사키의 약점은 꼬리다. 꼬리를 공격하면 그녀는 금방 기절하고 만다.

상대의 약점을 파고드는 것은 비겁할지 모르지만 샬롯을 구하려면 어쩔 수 없다.

절대로 쓰다듬고 싶었던 것만은 아니다.

"우우, 샬롯 씨의 잠옷이 너무 귀여워서 잠시 이성을 잃었습니다. 하지만 로라에몬 씨와 안나 씨도 귀엽습니다! 날 유혹해서 어쩔 셈이지요?"

"유혹 같은 거 한 적 없어요. 미사키 씨야말로 어째서 여기 있는 거예요? 그것도 이런 아침 일찍부터……."

"일찍입니까? 수인한테는 평범한 시간입니다만……. 제가 여기에 온 건 무녀이기 때문입니다!"

으응?

무녀인 것이 어째서 로라 일동의 숙면을 방해할 정당한 이유가 되는 걸까.

로라와 샬롯은 영문을 모르고 얼굴을 마주 봤다.

인간과 수인의 문화 차이일지도 모른다.

"이상하다는 듯한 얼굴 하지 말아주십시오. 무녀는 신을 위해 춤을 추거나 기도를 올립니다. 그리고 오이세 마을에서 모셨던 신수 하쿠 님은 이곳에 있습니다. 그래서 전 왕도로 파견돼서, 하쿠 님 옆에 있게 됐습니다. 이건 마을의 결정입니다!"

"와아, 그럼 언제라도 놀 수 있겠네요! 왕도 어디에 사는데요?"

"이 기숙사의 빈 방에 살게 됐습니다. 대현자님께는 이미 허락을 받았습니다!"

세상에.

과연 대현자다. 움직임이 빠르다.

"그러니까 다들 잘 부탁드립니다. 하쿠 님은 저한테 관심이 없을지도 모르지만 곁에 있게 해주십시오."

미사키는 이불 위에 있는 하쿠를 향해 꾸벅 절을 했다.

"삐―."

그러자 하쿠는 풀쩍 뛰어 미사키의 머리 위에 올라탔다.

미사키는 최고로 밝은 미소를 지었다.

마치 방에 해바라기가 핀 것 같은 기분이 들 정도로 밝은 미소였다.

"하, 하쿠 님이 인정해줬습니다! 무녀로서의 소원이 이루어졌습니다!"

"삐이."

하쿠는 앞발로 미사키의 두피를 톡톡 건드렸다.

그게 무엇을 뜻하는 행동인지는 알 수 없지만, 작어도 하쿠는 미사키가 마음에 든 모양이다.

사이가 좋은 것은 멋진 일이다.

친밀감의 표시로 로라 일동은 미사키를 학교 식당에 데리고 가 다 같이 딸기 파르페를 먹기로 했다.

이 식당의 딸기 파르페는 최고다.

오믈렛도 맛있다. 그 이외의 메뉴도 나쁘지 않다.

"오오, 이게 소문으로 듣던 파르페라는 거군요. 정말 맛있습니다! 혀 위에서 살살 녹습니다!"

"삐—."

미사키와 하쿠는 딸기 파르페를 먹고 최고로 행복한 표정을 지었다.

이 식당의 메뉴는 모두 무료라서 공짜 행복이다.

공짜라서 정말 좋다.

"그런데…… 하쿠 님, 앞발로 스푼을 사용하는 게 능숙하시군요. 굉장합니다!"

"정말요. 대체 언제 이런 기술을 익혔을까요?"

"삐!"

하쿠는 우쭐한 표정이었다.

하지만 정말 굉장한 일이니 우쭐하는 것도 무리는 아니다.

뒷발로만 식탁 위에 서서 한쪽 앞발로 스푼을 들고 다른 한 발로 파르페 용기를 잡고 있다.

이렇게 요령 좋은 동물은 처음이다.

"그건 그렇고, 안나 씨는 언제쯤 일어날까요?"

미사키가 문을 두드려도, 그 뒤에 소란을 피워도 안나는 전혀 깨지 않았다.

그러나 혼자 방에 두고 오는 것도 불쌍해서 업고 여기까지 데리고 왔다.

그러나 아직까지 자고 있다. 의자에 앉아서 코 풍선을 부풀리고 있다.

"안나가 마이페이스인 건 일상이에요."

"그건 그렇지만⋯⋯."

"흠냐."

로라 일동은 사복으로 갈아입고 이렇게 딸기 파르페를 먹고 있는데 안나만 동물 잠옷을 입은 채로 꿈나라를 여행 중이다.

당연히 일어나서 다 같이 노는 게 더 재밌다—고 말하고 싶지만, 안나의 잠든 얼굴이 너무나도 행복해보였기에 로라는 생각을 고쳤다.

일어나고 싶으면 알아서 일어나겠지. 분명히.

"아, 찾았다. 다 같이 있었네."

딸기 파르페를 다 먹었을 즈음, 대현자가 식당으로 찾아왔다.

"학장님. 미사키 씨가 오는 거였으면 미리 말씀해주세요. 깜짝 놀랐잖아요."

"삐─."

"어머, 미안. 하지만 나도 새벽 다섯 시에 두들겨 깨워졌어. 미사키가 느닷없이 집으로 찾아와서 『대현자님, 오늘부터 왕도에서 살게 됐습니다!』라고 하잖아. 수인은 아침잠이 없고 하는 짓이 당돌해서 난감해."

그러면 대현자도 로라 일동의 입장과 별로 다르지 않은 걸까.

그렇다면 어쩔 수 없다.

"면목 없습니다. 다음부터는 주의하겠습니다."

미사키는 별로 미안하지 않은 기색이다.

아무래도 수인들 사이에서는 아침 일찍 두들겨 깨우는 것은 악행이 아닌 모양이다.

빨리 인간 사회의 규칙을 배우길 바란다.

또 새벽부터 소란을 피우면 쓰담쓰담 형벌에 처할 것이다.

"아무튼! 어제 위병들한테 그 도적들을 넘겼어. 그런데 그 녀석들, 그래 봬도 꽤 유명한 도적단이래. 뭐였더라…… 잿빛 밤이었나?"

"잿빛 밤이요……? 처음 들어요."

"뭐, 도적단 같은 건 아무래도 좋은데, 넘기러 간 김에 여왕 폐하를 만나러 가서 신수 하쿠를 학교에서 맡게 됐다고 했더니 하쿠하고 너희를 꼭 만나고 싶다지 뭐니. 그래서 나중에 여왕 폐하가 학교에 올 것 같아."

"헤에, 그렇군요……."

로라는 태연히 답했다.

그러나 대현자의 말뜻을 곱씹어 생각하고, 이해하고, 비명을 질렀다.

"여왕 폐하가 우리를 만나러 학교에? 오늘요?!"

"그래. 오늘."

대현자는 무심히 대답했다.

그러나 이건 큰일이다.

어쨌든 여왕 폐하라고 하면 이 나라에서 가장 위대한 사람이다.

그런 위인이 일부러 자기들을 만나러 온다는데 로라는 평범한 옷밖에 없다.

"이, 이런 서민 옷을 입고 여왕 폐하를 뵙는 건 부끄러워요!"

"그럼 교복을 입으면 되잖니. 길드레아 모험가 학교 교복이라면 어디에 내놔도 부끄럽지 않아."

"그렇군요……. 확실히 교복이라면 예복 대신 입을 수 있어요……. 그럼 안나는요? 동물 잠옷을 입은 채로 자고 있는데…… 억지로 갈아입힐까요?"

"으음…… 그대로 괜찮지 않아? 귀엽잖아."

"괜찮지 않아요! 안나, 일어나요. 여왕 폐하가 오신대요!"

"흠냐아아……."

흔들어도 안나는 좀처럼 일어나주지 않는다.

그러나 하쿠가 발톱으로 코 풍선을 건드리자, 파앙 하는 요란한 소리와 함께 풍선이 터지고 안나가 눈을 떴다.

"……폭발?"

"아니에요. 안나의 코 풍선이 터진 소리예요!"

"그랬군. 자주 있는 일이야."

자주 있는 일일까.

요즘 안나를 알게 됐다고 자부했던 로라지만 다시 수수께끼가 깊어졌다.

※

로라는 아까부터 응접실 소파에 앉아 가슴을 졸이고 있었다.

어쨌든 상대는 여왕 폐하다.

대현자보다 위대하다.

긴장하는 게 당연하리라.

그러나 어찌된 일인지 긴장한 건 로라뿐이었다.

바닥에서 공중제비를 돌며 노는 하쿠는 그렇다 치자. 하쿠는 신수다. 어떤 의미에서 여왕 폐하보다 격이 높다.

그러나 샬롯, 안나, 미사키는 너무 긴장을 푼 게 아닐까.

특히 안나는 교복으로 갈아입긴 했지만 여전히 비몽사몽한 얼굴이다.

잠결에 실수하지 않으면 좋으련만.

"……샬롯은 어째서 자신만만한 얼굴인 거예요?"

"후후후…… 난 가자드 가문 출신으로 여왕 폐하의 생신 파티에 간 적이 있어요. 그때 대화도 나눠봤고요. 말하자면 여왕 폐하와는 친구 사이예요!"

"네……."

한 번 대화한 것만으로 친구라고 하는 것은 뻔뻔한 얘기다.

유명인과의 친분을 어필하고 싶은 것이리라.

열네 살은 그럴 때라고 들은 적이 있다.

"미사키 씨도 긴장하든지 황송해하세요……."

"어째서지요? 난 수인입니다. 인간 여왕에게 경의는 표하지만 황송해할 이유는 없습니다."

"과연…… 그런 사고방식도 있군요……."

애당초 생물로서 종이 다르니 신분 차이는 신경 쓰지 않아도 된다는 거다.

게다가 경의는 표한다고 했으니 타당한 대응일지도 모른다.

오히려 로라도 그 정도의 마음가짐으로 임해야 한다고 할 수 있다.

제대로 예를 갖춘다면 비굴해질 필요는 없다.

"알겠어요. 나도 미사키 씨처럼 당당해질게요."

"그래야 로라에몬 씨지요! 역시 하쿠 씨가 선택한 사람입니다!"

그렇게 말한 미사키는 하쿠를 들어 올려 로라의 허벅지 위에 앉혔다.

"삐―."

"맞아요. 난 신수한테 선택받았어요. 여왕 폐하, 얼마든지 오세요!"

로라는 자기 가슴을 탁 쳤다.

그 순간, 응접실 문이 달칵 열렸다.

"기다렸지? 이 나라의 여왕, 에멜린 그레타 팔레온이다. 오늘은 갑작스러운 방문에도 불구하고 이렇게 시간을 내줘서 고맙구나."

들어온 것은 어린 소녀였다.

"……?"

로라 일동은 고개를 갸웃했다.

어쨌든 여왕 폐하의 나이는 분명 이십 대 중반이었을 터다.

그러나 지금 눈앞에 있는 그녀는 아무리 봐도 열 살 정도다.

과연. 그 드레스는 여왕 폐하가 입기에 걸맞은 호화찬란한 것이다.

목소리도 행동거지도 우아하다.

왕족이라고 해도 납득할 수 있다.

그러나 여왕이라는 것은 살짝 믿기 어렵다.

"안녕, 애들아. 나도 왔어~!"

자칭 여왕에 이어 대현자도 나타났다.

세심하게도 모든 사람의 찻잔과 과자가 담긴 쟁반을 들고 있다.

그리고 어째선지 메이드복을 입었다.

"여왕 폐하가 오셨잖니. 접대하는 마음을 옷으로 표현해봤어."

대현자는 빙그르르 돌아 메이드복의 치맛자락을 펼쳤다.

그러나 자칭 여왕의 마음에는 들지 않았던 모양이다.

"뭐가 접대하는 마음이라는 거냐! 날 이 꼴로 만들어놓고······ 썩 원래 모습으로 되돌려 놔라!"

자칭 여왕은 뺨을 잔뜩 부풀리고 눈을 치뜨고 대현자를 노려봤다.

그 모습이 너무 귀여워서 로라는 그만 끌어안을 뻔했다.

대현자의 말하는 투로 볼 때 이 소녀가 여왕인 것은 거의 확정이다.

그런 분을 귀엽다며 껴안는 것은 불경의 극치다.

© 2017 Riichu

"혹시…… 폐하는 학장님의 마법으로 작아지신 거예요?"

그렇게 묻자 여왕은 바로 그것이라는 얼굴로 로라를 바라보았다.

"그대의 말이 맞다! 지난번 이 학교에서 토너먼트가 열렸을 때, 왕도 전역에 피해가 날 만한 큰 싸움이 있지 않았느냐. 그 일로 항의했더니 이 대현자 녀석, 나한테 마법을 걸어서 이 꼴로 만들었다! 이제 그만 원래대로 되돌려놔!"

"일 년 정도 지나면 효과가 떨어져서 원래대로 돌아가니까 서두를 거 없어. 게다가 귀여우니까 괜찮잖아."

그렇다. 여왕은 무척 귀엽다.

로라는 그만 대현자의 말에 끄덕이고 말았다.

그러자 샬롯과 안나, 미사키도 같이 끄덕였다.

만장일치다. 국민의 총의다. 이대로 있게 하자.

"괜찮을 리 없잖아! 공무에 방해가 된단 말이다!"

그 후로 한동안 여왕과 대현자는 시끄럽게 투닥거렸다.

그리고 몇 분 후, 여왕은 직성이 풀렸는지 얌전히 소파에 앉았다.

대현자는 탁자에 쟁반을 내려놓고는 여왕 옆에 앉아 껴안거나 머리를 쓰다듬었다.

부럽다.

"짜증나는구나…… 뭐, 됐다. 대현자는 이런 녀석이니까. 천재지변이라 생각하고 지나가기를 기다리는 수밖에. 본론으로 들어가지. 그 도적단 『잿빛 밤』을 잡은 건 너희 셋이라고 들었다. 로라 에드몬즈, 샬롯 가자드, 안나 아네트. 피해자들을 대신해서 고마움을 전해. 녀석들은 도둑질뿐만 아니라 살인도 주저 없이 저질러왔어. 기사단에도 조사하게 했는데…… 그대들 덕분에 정말 살았어."

여왕은 대현자의 팔을 뿌리치고 머리를 숙였다.

지체 높은 분의 그런 행동에, 로라 일동도 황급히 꾸벅 머리를 숙였다.

"저희야말로 그렇게 과분을 말씀을……."

9년분의 인생 경험밖에 없는 로라는 여왕 앞에서 무슨 말을 해야 할지 몰라 패닉에 빠졌다.

아니, 9년이건 90년이건 보통 사람은 여왕이 자기에게 머리를 숙인 경험은 없을 것이다.

로라가 패닉에 빠진 건 어쩔 수 없는 일이다.

"폐하. 이렇게 진지하게 대해주셔서 감사해요. 평생 잊지 못할 추억이 될 거예요."

"그대들의 공적을 생각하면 당연해. 내가 할 수 있는 건 이 정도뿐이고. 뭐, 녀석들한테는 현상금이 걸려 있었으니까 나중에 보수를 지급받을 거야. 으음, 분명……."

그 금액은 1년 정도를 놀면서 지낼 수 있을 만한 금액이었다.

공평하게 나눈다 해도 큰돈이다.

"아, 난 필요 없으니까 너희 셋이 나눠 가져!"

대현자는 쿠키를 먹으면서 말했다.

"엣, 정말이세요?"

"됐어, 됐어. 난 부자거든."

그렇게 말하는 대현자에게서는 부자의 오라가 전혀 느껴지지 않았다.

하기야 살아 있는 전설로까지 불리는 사람이니 부자라도 이상하지 않다.

"본가의 자산으로는 지지 않아요!"

샬롯이 약속처럼 대결 의식을 불태우며 몸을 내밀었다.

그리고 재력 자랑 대결이 시작됐다.

"가자드 가문은 석탄 광산을 가지고 있어요!"

"난 철광산과 금광산을 가지고 있어!"

"윽…… 가자드 가문은 개인 해변이 있어요!"

"난 무인도 하나를 통째로 가지고 있는데?"

"으아아……."

샬롯은 패배를 깨달았는지 흰자를 보이며 소파에 주저앉았다.

그런 재력 자랑이 펼쳐지는 가운데, 옆에서 안나가 입을 꾹 다물고 있었다.

아무래도 진짜 화가 난 모양이다.

역시 안나의 집은 가난한 걸까.

묻기 어려운 화제지만 신경이 쓰이고 만다.

"그대들의 재산 따윈 관심 없어. 그보다, 수인 소녀. 미사키라고
했나? 왕도에 온 걸 환영하는 바다. 실은 예전부터 수인 마을을
가보고 싶었지만, 좀처럼 기회가 없어서 지금에 이르렀다. 과거
인간이 수인에게 행했던 수많은 악행은 아무리 사죄해도 부족할
정도지만…… 인간을 대표해서 사과하고 싶구나."

"얼굴을 들어주십시오, 여왕 폐하. 그런 건 저희가 태어나기도
전의 이야기입니다. 말하자면 끝이 없습니다."

"그래…… 그래도 난 사과하고 싶었다. 아아, 한결 마음이 후련
해졌어. 수인한테 머리를 숙이는 모습을 누군가가 본다면 문제지
만 여기는 그대들밖에 없으니까. 하인들을 현관에 두고 오길 잘
했어."

얼굴을 든 여왕은 스스럼없는 미소를 지어 보였다.

그것만 잘라내서 보면 평범한 소녀로밖에 보이지 않는다.

여왕이 이렇게 대화하기 쉬운 사람이라는 걸 알았더라면 로라
는 쓸데없이 긴장하지 않아도 됐을 텐데.

"그런데 로라 무릎에 앉아 있는 게 신수 하쿠인가?"

"삐?"

여왕에게 이름을 불린 하쿠가 고개를 들었다.

그러고는 값을 매기듯 뚫어져라 쳐다보더니 흥미를 잃고 로라의 허벅지에 얼굴을 묻었다.

"앗, 하쿠. 폐하께 실례잖아요."

"괜찮다. 상대는 신수. 인간의 이치에 가두는 건 어리석은 짓이야."

"호호, 여왕 폐하는 대화가 통하십니다. 역시 수인과 인간은 좀 더 친해질 수 있습니다."

"음. 나도 그러길 바라고 있어."

인간 도적단이 하쿠를 유괴하려 한 것은 정말 부끄러워해야 할 일이다.

같은 인간으로서 부끄럽다.

그러나 수인들에게는 그것을 신경 쓰는 기색이 없었다.

그것은 어디까지나 도적단이 벌인 짓이고, 인간이라는 종 자체에 대해서는 유감이 없는 모양이다.

다만 오이세 마을은 대현자 때문에 좋든 싫든 특수한 예가 되어 있다.

그렇다 해도 인간과 수인은 이렇게 자연스럽게 대화할 수 있는 거다.

언젠가 반드시 같은 마을에서 살게 될 날이 올지도 모른다.

"자, 그대들한테 고맙다는 말도 전했고, 신수 하쿠와도 인사했으니…… 대현자. 이제 그만 날 원래 모습으로 돌려놔!"

"어머, 또 그 얘기야? 내키면 해줄게~."

대현자는 여왕을 상대로도 제멋대로인 성질을 관철했다.

이 나라의 파워 밸런스가 이 응접실에 그대로 나타나 있는 것 같다.

아무렇지 않은 광경처럼 보이지만 로라 일동은 무시무시한 장면을 목격하고 있는 건지도 모른다.

"큭…… 그대한테는 더 이상 부탁하지 않겠다! 그래서 말인데, 그대들! 상당히 우수한 학생인 모양인데. 아니, 잿빛 밤을 잡고 하쿠한테 선택받은 것만 봐도 그건 충분히 알 수 있어. 그러니 이 대현자의 말도 안 되는 마법을 풀 방법을 찾아주지 않겠느냐? 물론 보수는 지불하겠다. 잿빛 밤한테 걸린 현상금의 열 배를 주마!"

"열 배?!"

그 말을 듣고, 지금까지 잠자코 있던 안나가 불쑥 큰 소리로 외쳤다.

그러나 대현자는 의아한 표정을 지었다.

"잠깐, 폐하. 아이를 돈으로 낚지 마. 그리고 너무 큰돈을 쥐어주는 건 교육상으로 안 좋아."

"윽, 대현자 주제에 정론을 펼치다니. 그럼 두 배!"

"두 배…… 그래도 큰돈이야. 로라, 샬롯. 분발해서 폐하를 원래 모습으로 되돌려 놓자!"

안나는 전에 없이 강한 어조로 밀어붙였다.

어지간히 돈이 궁한 걸까.

아니면 단순히 갖고 싶은 거라도 있는 걸까.

언제 진지하게 속을 떠보자.

"으음…… 학장님의 마법이잖아요……. 푸는 건 어렵지 않을까요?"

"어머, 로라. 뭐든 도전해봐야죠. 그리고 다시 젊어지는 마법을 해석하면 로라를 영원히 포옹 베개에 가장 적합한 모습으로 보존할 방법을 찾을 수 있을지도 몰라요!"

"그런 방법은 찾지 않아도 돼요! 난 제대로 클 거예요!"

대관절 샬롯은 로라를 어떻게 하고 싶은 걸까.

진심으로 평생 포옹 베개로 삼을 작정일까.

"샬롯, 그거라면 걱정할 거 없어. 로라한테는 이미 성장을 멈추는 마법을 걸어뒀으니까."

"에엣?!"

"후후, 당연히 농담이지!"

대현자는 웃었다. 무척 수상한 웃음이다.

정말로 농담이었을까?

지금은 농담이라고 해도 미래에는 어떻게 될지 모른다.

이 사람은 하고자 마음먹으면 로라의 성장을 멈출 수 있다.

이미 여왕은 아이의 모습으로 변했다.

아니, 그 이전에 대현자는 자신의 노화를 멈추고 젊음을 유지하고 있지 않은가.

대현자에게 노화나 성장은 얼마든지 조절할 수 있는 개념이다.

이건 시급히 대응책을 마련해야 한다.

"알았어요…… 폐하께 걸린 마법, 우리가 어떻게든 해봐요!"

자기방어를 위한 연구와 용돈벌이니 일석이조다ㅡ.

로라가 그런 계획을 꾸미고 있는데 응접실 문이 열리고 에밀리아가 들어왔다.

"아아, 겨우 찾았네. 너희들, 여름방학 숙제는 제대로 하고 있는 거야? 놀면 못 써."

"아아? 학장님은 2주 동안 기다려주신다고……."

오이세 마을에 가기 전, 대현자는 분명히 약속했었다.

여름방학 숙제를 2주 동안 기다려달라고 에밀리아한테 말해주기로.

"……학장님. 그런 이야기는 금시초문인데요?"

"아아, 미안, 미안. 에밀리아한테 말한다는 걸 깜빡했어. 그러니 기다려줘. 이 애들, 신수 일로 바빴거든."

"……아무리 그래도 2주는 너무 길어요. 일주일이라면 기다려줄 수 있어요."

에밀리아는 무자비한 말을 했다.

"에밀리아 선생님! 일주일은 너무해요! 지금부터 하지 않으면 늦을 거예요!"

"하면 되잖아!"

정론으로 되받아쳤다. 이래서는 되돌려줄 말이 없다. 난처하다.

"난 문제없어요."

샬롯은 새침한 얼굴이다. 이래서 수재는 곤란하다. 부럽다.

"난 전사학과니까 에밀리아 선생님이 뭐라고 하든 관계없어."

안나도 여유로운 표정이었다.

너무하다. 친구라고 믿었는데. 배신자들.

"안나. 방심하긴 일러. 전사학과 선생님은 나보다 더 엄격하니까. 어쩌면 일주일도 안 기다려줄지 몰라."

에밀리아가 그렇게 말한 순간, 안나의 얼굴이 식은땀으로 뒤덮였다.

"서, 설마, 그럴 수가…… 여름방학은 오늘을 포함해서 사흘밖에 안 남았는데…….."

"진지하게 분발하렴. 그런데…… 이 작은 애는 누구?"

에밀리아는 여왕을 쳐다보며 중얼거렸다.

"에멜린 그레타 팔레온 여왕 폐하야."

대현자는 담담히 답했다.

그러자 에밀리아는 몇 차례 눈을 깜빡이더니 웃음을 터뜨렸다.

"정말 뭐예요. 학장님치고는 센스 없는 농담이네요. 어느 귀족 가문 아가씨인가요? 학교 내에 외부자를 너무 들이지 마세요."

그런 말을 남기고, 에밀리아는 응접실을 뒤로했다.

에밀리아의 모습이 사라지자, 여왕은 입술을 삐죽거리며 불만을 토로했다.

"방금 들었느냐? 내가 여왕이라는 걸 믿지 않잖아. 정말 불편하구나. 그러니까, 그대들. 부탁한다."

확실히 이래서는 공무에 지장이 있을 것이다.

로라도 도와주고 싶었다. 바로 조금 전까지는 그럴 생각이었다.

그러나.

"저어…… 저희는 여름방학 숙제를 해야 해서요…… 마법을 푸는 방법은 그 뒤에 찾는 걸로……."

"뭣이?! 그대들! 여왕의 소원과 여름방학 숙제 중에 무엇이 더 중요하단 말이냐!"

여왕이 절규하듯 물었다.

그 물음에 로라 일동은 일제히 대답했다.

"""숙제요!"""

외전 대중탕의 일상

내일부터 2학기가 시작되기에 여행을 떠났거나 본가로 돌아갔던 학생들이 기숙사로 돌아왔다.

소녀들은 여름방학의 끝을 아쉬워하면서 2학기에는 어떤 수업이 기다릴까 하며 즐겁게 이야기를 나누었다.

그 가운데, 로라는 기숙사의 대중탕으로 향했다.

1학기 동안 항상 함께였던 샬롯과 안나를 포함해 지금은 하쿠와 미사키도 함께다.

드래곤형 신수와 복슬복슬한 수인이 대중탕에 나타나면 모두들 어떤 반응을 보일까. 로라는 불안을 느끼는 동시에 기대되기도 했다.

그리고 실제로 탈의실에 들어서자, 여학생들의 시선이 미시키의 귀와 꼬리에 쏠렸다.

"수인?!"

"귀랑 꼬리야!"

"복슬복슬해!"

느닷없는 수인의 출연에 역시 모두가 경악했다.

그러나 거기에 혐오의 기운은 느껴지지 않았다. 오히려 호의적인 분위기다.

로라도 수인에 대한 차별적인 감정은 없었다. 역시 수인과 인간의 알력은 과거의 것이 되어가는 중인지도 모른다.

다른 지방은 모르지만 적어도 왕도 근방은 이미 수인을 박대하는 곳이 아닐 터다.

"오이세 마을에서 온 미사키입니다. 사정이 있어 한동안 기숙사에 머물게 됐습니다. 잘 부탁합니다."

미사키는 꾸벅 인사했다. 그 몸짓에 맞춰 귀와 꼬리가 살랑 흔들렸다.

그 순간, 여학생들의 쓰담쓰담 욕구가 한계점을 돌파했다.

"아아아, 귀여워~! 만지게 해줘어~!!"

"꼬리! 엄청 부들부들해!"

미사키는 인파에 파묻혀 사라졌다.

새된 환성과 비명이 들려오는 걸로 보아 분명 쓰담쓰담 축제가 열리고 있는 것이리라.

"미사키 씨, 순식간에 인기인이 됐어요!"

"잘 어우러져서 다행이야."

샬롯과 안나가 정말 그렇다는 듯이 말했다.

로라도 미사키가 인간 사회에 자연스럽게 첫걸음을 내딛는 것을 보고 안도했다.

자기도 쓰담쓰담 축제에 참가하고 싶지만 마음만 먹으면 언제라도 만질 수 있다.

오늘은 귀와 꼬리를 모두에게 내어주고 탕에 들어가기로 했다.

"저기, 저기, 로라. 그 머리 위에 태운 인형은 뭐야?"

쓰담쓰담 축제에 참가하지 않은 여학생이 로라의 머리 위를 가리키며 물어왔다.

좋은 기회이니 하쿠 소개도 끝내버리자.

"이건 인형이 아니에요. 오이세 마을의 신수 하쿠예요."

"삐—."

하쿠는 푸드득 날개를 펼치며 자기소개를 하듯이 울었다.

그러자 주위에 있던 여학생들이 뜨악한 표정을 지었다.

"움직였어! 엣, 살아 있어?! 진짜 드래곤?!"

"아뇨, 드래곤이 아니에요. 신수예요."

"드래곤보다 더한 녀석이야!"

여학생들은 허둥지둥 뒤로 물러났다.

"겁내지 않아도 괜찮아요. 하쿠는 얌전하거든요. 학장님이 보증했어요!"

"학장님이……? 그, 그렇다면 괜찮으려나……."

"네! 그리고 제가 돌보고 있어요. 혹시 하쿠가 잘못하면 책임지고 벌을 줄게요!"

"과연 로라가…… 로라라면 드래곤이건 신수건 벌을 줄 수 있겠어!"

여학생들은 납득한 모양이다. 이로써 당당히 하쿠를 데리고 다닐 수 있다. 다행이다. 다행이다.

"삐—."

하쿠도 기쁜 모양이다.

"가만히 보니 귀엽다. 로라, 그 애, 만져 봐도 돼?"

"그럼요!"

하쿠가 모두에게 사랑받는다면 로라에게도 기쁜 일이다.

거절할 이유는 없다.

그러나.

이의를 제기한 한 사람이 있었다.

"잠깐만요! 여러분, 그렇게 하쿠를 핑계 삼아 로라를 귀여워하려는 거죠?! 안 돼요! 불순한 동성 친구예요!"

"뭐야, 샬롯. 너랑 같은 취급 하지 마. 우린 순수하게 하쿠가 귀엽다고 생각했을 뿐이거든?"

"그보다, 너 매일 로라를 포옹 베개처럼 껴안고 자지? 가끔씩은 우리도 로라랑 친하게 지내고 싶다구!"

"거 봐, 거 봐! 역시 로라를 노린 거예요! 로라는 내가 지킬 거예요!"

"큭…… 하쿠도 귀엽다고 생각해! 로라도 귀엽지만!"

"안 돼요. 눈빛이 위험해요."

"샬롯한테 그런 소리 듣고 싶지 않아!"

그런 논점을 알 수 없는 논쟁이 시작됐다.

로라가 「이 사람들, 왜 싸우는 거지?」라며 의아하게 생각하고 있었더니, 옆에서 안나가 잡아당겼다.

"이 틈에 옷을 벗고 씻으러 가자. 샬롯은 놔두고."

"네에…… 그런데 왜 그렇게 서두르는 거예요?"

"가끔은 내가 로라를 독점할래. 그런 날이 있어도 괜찮아."

"잘 모르겠지만, 그럼 오늘은 안나랑 같이 씻을게요!"

"그래."

"삐—."

미사키와 하쿠가 들어왔어도 여자 기숙사의 분위기는 여전했다.

2권은 내년 봄 발매 예정—.

분명 그런 말이 1권에 쓰여 있었던 것 같습니다.

오래 기다리셨습니다.

2권입니다!

으음, 분명 지금은 1월입니다. 일반적인 감각으로라면 겨울이지요. 그래도 그 부분은 『신춘』이라는 걸로 너그럽게 봐주세요.

(아아, 봄치고는 춥군…… 바들바들.)

아무튼, 1권은 독자 여러분 덕분에 멋지게 증쇄에 성공했습니다. 정말로 감사합니다.

어쨌든 책이 팔리지 않으면 거기서 끝이니까요……. 이렇게 무사히 2권을 낼 수 있었던 것도 구입해주신 분들 덕분입니다.

그리고 1권에 이어서 담당 편집자님과 일러스트레이터 리이츄 선생님께는 신세를 졌습니다. 앞으로 잘 부탁드립니다.

자, 2권의 내용입니다만, 크게 두 파트로 나누어져 있습니다.

전반부는 1권 마지막에서 말했듯이 로라가 여름방학을 맞이해 본가로 돌아가는 이야기입니다. 거기서 로라의 부모님이 등장하거나 언제나의 멤버로 백합백합한 느낌으로 흘러갑니다.

후반부는 돌아오는 길에 강을 떠내려가는 수수께끼의 알을 주워 문제에 휘말리는 이야기입니다. 그 알을 둘러싸고 새로운 캐릭터가 등장해 로라 일동과 백합백합한 일들을 합니다.

아, 물론 그 밖에도 여러 사건이 일어납니다만 후기부터 읽는 분도 있으니 스포일러를 피하기 위해 자세한 내용은 말하지 않겠습니다.

다만 한 가지 말하고 싶은 것은 알을 둘러싸고 나오는 새로운 캐릭터. 그녀는 원래 쌍둥이로 설정해서 「알을 돌려주세요」라는 대사를 읊게 할 생각이었습니다.

그러나 도중에 「이런 녀석은 한 명이면 충분하잖아」라고 생각을 고쳤습니다.

영화라면 화면에 집어넣으면 두 명이든 세 명이든 동시에 움직일 수 있지만 소설은 한 명 한 명의 움직임을 묘사해야 하니 장황해지고 맙니다. 배웠습니다.

그리고 2권에는 다섯 페이지로 짧지만 외전을 실었습니다.

웹 판에는 없는 에피소드이니 웹 판부터 읽으신 분들도 신선한 기분으로 즐기실 수 있을 겁니다.

외전 같은 게 없더라도, 리이츄 선생님의 귀여운 그림만으로도 배가 부른 느낌이지만요!

(표지에 그려진 앙증맞은 샬롯과 안나, 너무 귀엽지 않나요?!)

리이츄 선생님이 앞으로도 멋진 일러스트를 그려주시게끔 앞으로도 3권, 4권 계속 써나갈 예정이니 여러분, 부디 응원해주세요.

마지막으로 한 가지.

타사 이야기지만 지난 달, HJ노벨에서 『용사와 현자의 양조장 ~주조의 천재가 이세계에서 니혼슈를 만들며 힘차게 달려 올라간다~』라는 소설을 출간했습니다.

괜찮으시다면 이 책도 즐겨주시면 감사하겠습니다.

그럼 여러분. 3권에서 또 만나요.

끝.

검사를 목표로 입학했는데 마법 적성 9999라고요?! 2

1판 1쇄 발행 2018년 5월 10일
1판 2쇄 발행 2018년 6월 5일

지은이_ Mugichatarou Nenjuui
일러스트_ Riichu
옮긴이_ 김보미

발행인_ 신현호
편집국장_ 김은주
편집진행_ 최은진 · 김기준 · 김승신 · 조미연 · 원현선 · 김솔함 · 권세라
편집디자인_ 양우연
국제업무_ 정아라 · 고금비
관리 · 영업_ 김민원 · 이주형 · 조인희

펴낸곳_ (주)디앤씨미디어
등록_ 2002년 4월 25일 제20-260호
주소_ 서울시 구로구 디지털로 26길 111 JnK디지털타워 503호
전화_ 02-333-2513(대표)
팩시밀리_ 02-333-2514
이메일_ lnovelpiya@naver.com
ㄴ노벨 공식 카페_ http://cafe.naver.com/lnovel11

ISBN 979-11-278-4492-9 04830
ISBN 979-11-278-4376-2 (세트)

값 9,000원

*잘못된 책은 구매처에 문의하십시오.

태양을 품은 소녀 1권

나나사와 마타리 지음 | 루케이치 안드로메다 일러스트 | 김성래 옮김

실험 번호 13번.
숫자로 불리며 고아원에서 특별한 교육을 받고 자랐던 붉은 머리의 소녀.
고아원을 나와 노엘이라는 이름을 갖게 된 소녀의 꿈은 단 하나.
『행복해지고 싶어』

후계자 분쟁으로 난국을 겪는 코임브라 군의 병사가 되어
비범한 무력과 계책으로 소녀는 금세 두각을 드러냈다.
무기는 불꽃을 뿜는 두 갈래의 창.
전투의 끝에 『행복』이 있다 믿으며 소녀는 전장을 달려 나간다.

해님이 밝게 비치는 한 결코 죽지 않을 테니까.

라이트노벨의 새로운 빛! 1노벨의 신간은 매월 10일에 발매됩니다. http://cafe.naver.com/lnovel11

© Dachima Inaka, Iida Pochi, 2017
KADOKAWA CORPORATION

일반공격이 전체공격에 2회 공격인 엄마는 좋아하세요? 1~2권

이나카 다치마 지음 | 이이다 포치, 일러스트 | 이승원 옮김

"이제부터 이 엄마와 함께 실컷 모험을 하는 거야.", "맙소사……."
고교생 오오스키 마사토는 그렇게 염원하던 게임세계로 전송되지만,
어찌된 영문인지 그의 어머니이자
아들이라면 껌뻑 죽는 마마코도 따라오는데?!
길드에서는 「아들의 연인이 될지도 모르는 애들이니까」라는 이유로
마사토가 고른 동료들에게 면접을 실시하고,
어두운 동굴에서는 반짝반짝 빛나는데다,
무릎베개로 몬스터를 재우는 걸로 모자라,
전체공격에 2회 공격인 성검으로 무쌍을 찍는 등
아들인 마사토가 질릴 정도로 대활약을 하는데?!
현자인데도 유감스런 미소녀 와이즈,
치유계 여행 상인인 포타를 동료로 맞이한 그들이 구하려는 것은
위기에 처한 세계가 아니라 부모자식간의 정.

**제29회 판타지아 대상 〈대상〉 수상작인
신감각 모친 동반 모험 코미디!**

라이트노벨의 새로운 빛! ㄴ노벨의 신간은 매월 10일에 발매됩니다. http://cafe.naver.com/lnovel11